樂 府

·

心里滿了，就从口中溢出

我还记得

I STILL REMEMBER

亦邻（著）

北京联合出版公司
Beijing United Publishing Co.,Ltd.

三姐妹和被删去记忆的妈妈

我曾经经历了痛苦、绝望、死亡，
而我高兴我活在这个伟大的世间。
——〔印〕泰戈尔

三姐妹从小生长在湖南，长大以后，老大清雅留在家乡，老二亦邻在广东画画，老三小菀在北京跳舞。

本书是亦邻的作品，以多彩的绘画和生动的文字，详细记录了三姐妹在送别父亲之后，合力照料母亲的种种故事。

父亲离世之后，母亲日渐病重，白血病外加认知障碍，心身日渐退化，常常处在懵懂混沌之中，生命中很多重要的记忆似乎都从她头脑中被删除了。为了重新唤醒母亲的记忆，亦邻用画画的方式记录过往，画出父母的当年、三姐妹小时候的各种趣事，然后和母亲一起看图说话：回忆、思考、解释，甚至还让母亲临摹和涂鸦。

某一天，母亲有点神清气爽，便给三姐妹下了定论："老大老实，老二好恶，老三好乖。"甚至还提笔画出了三姐妹小时候的肖像，线条圆润，形象逗趣，可供我们深刻意会，尽情想象。三姐妹敦促得紧，所以母亲画了很多，有一些还拿到北京去参加过展览，本书中也收录了一些。

亦邻是插画师，她的画真诚灵动。2014 年我还不认识她，但读到了她的绘本《陪孩了玩吧》，便觉十分喜欢。她把儿子从小到大的点点滴滴都画得很有趣，其中有一幅是一家三口在山间弯道上骑单车，金秋野外，意象绝美，望之难以释卷。我还曾找出画笔，用了好几个小时，把这幅画临摹下来了。

三妹小菀专攻创意舞动。2019 年初夏，我在北京第一次见到小菀，正午时分，梧桐高荫，蝉声阵阵，小菀身着黑色背心和阔腿裤，飘飘欲仙，含笑疾行而来。一照面，她就伸出了右手，不是来握手，而是轻轻地贴近我的右手，然后将我的右手慢慢地向上托，托到最高，再覆手向左，向下，向后……划出了一段美丽的弧线；而后我就依着她双手的引导继续转身，展臂，扭肩，探腰……很显然，我们二人是在翩翩起舞了。我每每想起此事，便觉得自己或许也曾有些舞蹈细胞，且由此受到了点化，渐渐觉醒，也未可知。

小菀的舞动很有些创意：把一个气球或者轻薄的塑料口袋抛上天，飘落下来的时候又轻轻接住，然后接了又抛，抛了又接，循环往复，如此，抛者便有了轻盈的动作、挺拔的身姿、舞蹈的意识。种种标新立异，在她对母亲的引导中，发挥得淋漓尽致，这些言难尽述的一幕又一幕，都被亦邻描绘下来，在本书中得以呈现。

素未谋面的是大姐清雅。好在亦邻画笔传神，让我们看到了一个令人钦佩的大姐，她承担了日日夜夜看护母亲的主要任务。清雅是一个极其聪慧的陪伴者，她想尽办法，在网上找来很多饮食配方、绕口令等资料，帮助母亲调理身体，锻炼头脑。母亲的身体有任何变化，她都会在第一时间发现和处理，对每一种药物以及用药反应都非常清楚，可以在医生的指导下进行调节。

与疾病、衰老和死亡同行，其实是行走在恐惧和绝望之途，死亡如影随形，其痛苦实在无法言说。然而清雅对待母亲的耐心无边无际，并能随时借助瑜伽来修复心神和体力，用尽洪荒之力，日复一日地打熬和死磕。可以想象，天长日久，这种陪伴的难度会越来越大，如果没有形而上的巨大精神力量，做到这一切几乎是不可能的。

孔夫子说"色难"，即对父母和颜悦色很难。那么，对因心智退化而变得不可理喻的父母和颜悦色，就更是难上加难。几年来，三姐妹流了多少汗水和眼泪，打磨出了怎样超人的智商、情商、行商，唯有天地知道。

阿·托尔斯泰写了一部《苦难的历程》，描写了至真至善的人性。书中有这样一段话："在清水里泡三次，在血水里浴三次，在碱水里煮三次，我们就会纯净得不能再纯净了。"三姐妹也在几年间经历了各种各样的磨砺，三次，三次，又三次，好在今日有此书问世，让我们看见了这些历程。

亦邻画了很多湖南旧事。母亲年轻的时候是个五项全能标兵：会踩缝纫机；会做列宁装、幸子服、海魂衫；会绣花、钩花、织衣、染布；会种菜、养鸡、酿酒；会做腊肉、剁椒、香肠、豆腐丸子、霉豆腐、腊八豆、酸豆角。母亲还很文艺：喜欢看小说、讲故事、唱歌、演戏、跳舞。无奈病来如山倒，渐渐地母亲"变得像孩子，而且是那种不讨人喜欢的孩子"，贪吃，喜欢偷吃，还要吃大块肉，甚至吃冰箱里的生蘑菇、生馄饨，一直吃到腹泻不止；到后来，连大小便都要手把手地教。亦邻画下了母亲阵发性的傻笑，"笑得花枝乱颤，停不下来"，读之实在让人唏嘘。

尤其珍贵的是，亦邻也画下了三姐妹为了帮助母亲锻炼头脑，轮番"折腾"母亲的各种办法：编织、剪贴、翻绳、画画、看书、写书法、写日记，说绕口令，还有就是天天朗诵《笠翁对韵》："天对地，雨对风，大陆对长空……"

小菀还陪妈妈一起玩各种游戏，如自创手语配合诗歌朗诵，还有难度颇高的手指操"一枪打四鸟"等。这些小花招能够让妈妈上瘾，说明"折腾"有效。凡此种种，不仅艺术，还能有效帮助妈妈延缓病情进程，我们学习下挺好的。

小菀远在北京，在视频上看见母亲老是一张苦脸，就一定要母亲笑一笑。小菀对着手机摄像头，双手抓住自己的脸颊，把嘴角朝上拉，拉成一副笑容，然后撒娇、恳求："妈妈，你笑，笑，笑，笑一下。"苦心人，天不负，终于换来了那边厢千金一笑。

多年相亲相爱的父母，当然是浓墨重彩。父亲也曾打靶归来，也曾横渡湘江，也曾刘海砍樵。父母二人身体好的时候非常活跃，高兴了还骑着"双人单车"，在大街小巷穿行，相当拉风。

父亲深深宠爱着母亲，到了晚年，天天都给她做按摩，还手牵手睡觉。某些时日，一人不慎摔倒在地，二人只好坐在地下唱够了革命歌曲，铆足了气力，互相拉扯才终于爬得起来。二人的相濡以沫，让我们明白，生命之中最大的恩典莫过于"爱情至上"。

相爱之极，自然惠及子女，因而三姐妹也以不同的方式深深得宠。得宠之极，最终反哺双亲，于是就有了书上一幕又一幕的感人故事。

三姐妹的故事很多，不仅一起玩耍、捉弄、演戏、梳头，还要互相洗"坐脚"，这些书中都有生动的图解。

亦邻也画下了自己在乡下外婆家"爬山滚地、自由自在的放养生活"。尤其画下了那些被母亲定论为"恶"的故事：捏鸭脖子，敲姐姐头，跪搓衣板，等等，甚至画下了父母愤怒的责骂。好奇的我们尤其不应错过这些画面。

　　本书文字和插图即兴偶然，画风自由多变：水墨画、水彩画、简笔画、漫画、连环画……喜欢绘画的我们，大可好好学习。
　　本书有《山乡巨变》式的幽默、贺友直式的淳朴，甚至还有一些湖南方言，让我们觉得那样土里土气的生活是真正值得过的。读罢令人掩卷叹息，叹息那些珍贵的、行将逝去的、乡土中国的一切的一切。

　　今天看来，我们超高速地行进着，似乎与来路渐行渐远。那么，可否让我们重新寻找坐标，原路返回？让我们返回遥远的自然，返回地老天荒，返回至高的简约之道——因循湖南株洲一家给我们的启示。
　　活着的每一分每一秒弥足珍贵，在任何一个年龄段均如此。三姐妹对此做出了足够的努力，父母二人亦如是。生命很短，而死亡很长：光明和白天只有一刹那，黑暗和夜晚将永恒。让我们在所有的这些珍贵的白天都竭尽全力——为了他人，也为了自己的生命——就像株洲三姐妹所做的那样，拼尽全力。

本书朴实真诚，"能以精诚致魂魄"，然而这样的题材无论是画还是写，其实都挺难的，都挺痛苦的，唯有勇者方能为之。为此十分感谢，感谢亦邻，也感谢清雅、小菀和她们的父母。

　　能相遇此书，可见有缘，可见幸会。还有什么比这样的相遇更好呢？

胡冰霜

2020 初秋 / 成都望江楼

目 录

第一章

爸爸走了，妈妈变了

爸爸的最后时光，
妈妈有点反常

2017 年 1 月 28 日，大年初一，爸爸心衰引起全身浮肿，妈妈陪着爸爸一起住进了医院。

我和姐姐清雅、妹妹小菀，三姐妹把医院当成了家，陪着爸爸妈妈在医院度过了这一年的春节、元宵节。

2 月 14 日，情人节，我们三姐妹一起在医院给爸爸妈妈过了一个浪漫的节日。

情人节这天，妹妹买了鲜花送给爸爸妈妈。病房的气氛瞬间变得浪漫起来，四个女人陪着过情人节，爸爸开心得嘴巴都合不拢了。

爸爸出院后，我们在小区租了一套一楼的三居室，推轮椅进出很方便，这样爸爸妈妈就能常到室外走动走动了。小区的绿化做得还不错，爸爸妈妈住主卧，窗户是落地的，拉开窗帘好像就在户外。虽然出入方便，爸爸还是拒绝出门，因为他在吃利尿的药，一小会儿工夫就要小便一次，出门多有不便。

妈妈倒是每天清早都要到小区里走走，和邻居说几句话，然后做做简单的运动。过了一段时间，姐姐发现有些不对劲儿，妈妈出去的时间越来越早，天很冷、风很大、下着雨的天气也阻挡不了她。有一次她站在门口不停重复开门关门的动作，问她为什么会这样，她笑了，笑得花枝乱颤，说不知道自己为啥。

我们还发现妈妈的面部表情变得越来越不友善，好像永远都在生气的样子。我取笑妈妈，那个以前温婉和善的妈妈现在变成恶婆婆了。有一天姐姐说："妈妈现在变得只顾自己了，对爸爸……唉！有时候看到妈妈这样我真替爸爸难过，我现在特别心疼爸爸。"

有一天发生了这样一幕，我们不知道爸爸是怎样的心情，但真真地凉了我们的心。妈妈一辈子讲究，爱干净，对异味不能容忍，我们想，妈妈现在开始嫌弃爸爸了。

爸爸最后一段日子是在医院度过的。当时我们姐妹往返医院，轮流陪护爸爸，还要照顾妈妈。妈妈一副懵懵懂懂的样子，不悲不喜，沉迷电视剧。我们有时会带妈妈去医院看看爸爸。每次妈妈在刚看到爸爸的瞬间情绪会很激动，但很短暂，很快就又调频到漠然的状态。我们特意让妈妈坐在爸爸床边的凳子上，让她陪爸爸说说话。可是妈妈似乎不知道要说什么，问候了一句后似乎就完成了一桩事情，然后竟然起身紧挨着我们坐下，我们需要像教孩子一样告诉她："妈妈，你坐在爸爸身边，用手握着爸爸的手，跟爸爸说说话。""好。"妈妈很乖，又坐回那张凳子，用手握着爸爸的手，看着爸爸说："你好好养病！"然后就怔怔地看着爸爸……爸爸看着妈妈微微点点头，无语！

爸爸临走前两个月被病痛折磨得寝食难安，不停让姐姐帮他变换体位。妈妈则变得越来越淡漠，每天吃完饭便上床坐在爸爸身边看电视，开始还能时不时按爸爸的要求把枕头挪个位置，垫垫高，又或者帮爸爸翻动一下身体。随着爸爸越来越频繁地提要求，妈妈变得越来越不耐烦，最后索性到客厅坐着，有时爸爸要叫好多声她才会过去。

我们不时提醒妈妈，当年她瘫痪时爸爸是如何照顾她的，希望妈妈现在对爸爸温柔些。

有一次爸爸又在喊妈妈，他说："我想你陪着我，我舍不得你啊！现在我是要求着你了……"妈妈听了却只站在那傻笑。姐姐听到这番话，看到这一幕，心里别提有多难过了，眼泪顺着脸颊直往下落。

姐姐过去，爸爸仍然
要妈妈过去……
不知道爸爸心里会怎样
的难过。

老唐啊，你
来咯！

我现在离
不开你啊！

欸——你会要
把我磨死克！

2018. 春 戒铭

爸爸其实一直抵触去医院，但是心脏、肾脏和肝脏三大器官的衰竭，尤其是心衰，折磨得爸爸生不如死，最后迫不得已去了医院。

可是刚住进去一天，稍感舒缓了一点，爸爸便吵着要出院，也许他已经感觉到大限将至，说死也要死在家里。他以绝食、拔掉针管、拒绝治疗要挟我们，达到了出院的目的，可是回家没两天，又被病痛折磨得主动提出去医院。爸爸是一个非常坚忍的人，我们想他肯定是痛苦到没法子了，才会这样折腾。

我当时对爸爸既心疼又有怨气，觉得他特别不可理喻，是老顽固，还说他是老思想在作怪。后来我看了《最好的告别》，当中讲到绝大部分老人临终前都不希望去医院，而愿意待在家里，这方面在东西方文化里都是一样的。因为家不仅仅是一个吃饭睡觉的地方，里面承载的是时间，家里有长时间和家人共同生活的印记和让人安心的熟悉的气息，在家里，自己是主人，而在医院时时被限制。我想一般情况下没有谁不愿在一个自己可以做主、能够安心的空间来告别这个世界吧。

可惜我知道得太晚了。

晴 36°/26° 西南 3-4

城居图 蛾眉月

5:37 ... 7:11

69%
54 良
10:38

8:40

中午碰到一个在急诊室待了8年的医生王彩薇，她说：见过太多生生死死，在意外事故上，有年轻轻生命，他们临终时无一例外渴望亲人的陪伴，所以在做任何事时要珍惜一下亲人的感受，不要在

16:00

那一刻苦苦等着时亲人却忽然离开。"

妈妈一人在家，我必须回家了，跟爸爸说要回去，爸爸坚定地摇头又让我走，直到我消失的时候

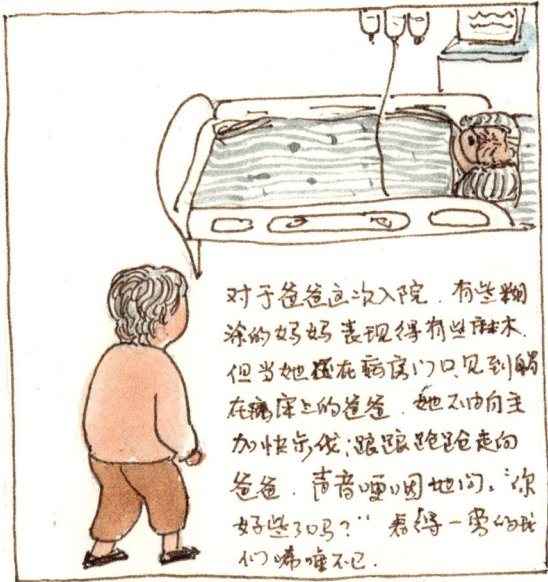

对于爸爸这次入院，有些糊涂的妈妈表现得有些麻木，但当她现在病房门口只见到躺在病床上的爸爸，她不由向主加快步伐，跟跟跄跄走向爸爸，声音哽咽地问："你好些了吗？"看得一旁的我们唏嘘不已。

爸爸不停地叫妈妈的名字，我妈爸爸，你是不是想妈妈？

若姐姐还活着该多好？

爸爸，你害怕吗？如果害怕，你就向主祷告吧！

……我要死了！

然后爸爸就答应让我回家了。

爸爸已在弥留之际，我匆匆忙忙回家拿爸爸的军便服，这是很多年前爸爸让妹妹买的，他希望穿着它离开。我不敢告诉妈妈，怕妈妈情绪失控，好在妈妈很平静。我一时分不清妈妈是不是已经糊涂到不知道这套衣服的含义了，又或者她已做好准备，可以平静对待爸爸的离去。

嗯……

现在要拿郭套衣服克哒？

郭令3 2018.5.

○—○

爸爸离去后，我们不敢让妈妈去爸爸的灵堂，怕她情绪失控，但又觉得不应该剥夺她跟爸爸最后告别的权利，于是我们问她是否想去跟爸爸告别，妈妈点点头说了一句："五十多年的夫妻啊！"接下来便是重重的一声叹息，可是走到门口又像跟谁赌气般地说："不去了！"可过了一会儿又说："五十几年的夫妻啊！"我问她是不是还是想去，"那我还是克（去）看哈子你爸爸？"她似乎在征求我的意见。我不知道妈妈心里在想什么，带着满心的疑问，我陪着她来到灵堂，妈妈颤颤巍巍，情绪一下激动起来，轻声喊道："老唐啊，我来看你来了……"说罢便掩面而泣。我正担心妈妈情绪失控，没想到她面部表情转瞬恢复常态，指着爸爸的遗像，闲聊般对我说："你爸爸郭（这）张相一个哭相，冇照好！"我一时错愕，不知妈妈是怎么了。

　　尽管我知道妈妈是有些糊涂了，但她的淡漠让一旁的我多少有些替爸爸叫屈。爸爸对妈妈的爱和宠，他俩的感情之好，在亲戚和朋友圈内可是出了名的。

　　为爸爸叫屈还因为看到过太多的"忘记了所有，唯独没有忘记你"这类的文章，因而相信感情具有神奇的力量，而他们的感情曾经那么的好。

这才是我们熟悉的爸爸妈妈！

"很少看到像我和你妈妈这样默契的夫妻。"这是爸爸经常对我们说的一句话。

从我记事起，爸爸妈妈几乎从来不吵嘴，偶尔妈妈生气，爸爸便会想方设法哄妈妈开心，直到妈妈露出笑容。爸爸妈妈也因为遇到彼此而自豪得不得了。

只要看到别的夫妻干啥都合不来，爸爸就会感慨一番："像我俩这么默契，一辈子干啥事都这么合拍的两公婆，还真不多见啊！"这话爸爸常说给妈妈，我们三姐妹从小听到大。

一辈子的牌友

2018.元旦
亦邻于北京

骑双人单车的爸爸妈妈

二十世纪九十年代初台湾有个电视剧《星星知我心》，里面有对老年夫妻梁爷爷梁奶奶骑着双人单车的生活，当年大陆基本没有见过。妹妹在北京打探到天津有家工厂有生产，于是直接从工厂订购了一台送给爸妈。从此他俩经常骑着它在大街小巷招摇，引来无数艳羡的目光。妹妹送的不仅仅是一辆自行车，更是他似想要的生活方式。

这样子规矩文艺，爸爸的连好

本节画代戊年夏

每天清晨，爸爸
妈妈将馒头
包子蒸上便一
起去跑步。出
门时轻手轻脚
地，实际上很多
时候我们已经
醒来了，只是
想赖床而已，
我们起床时间
是六点。

二〇一八年八月二十二日
赤邻 屋子尖山

爸爸性格外向、乐观、开朗，爱开玩笑。妈妈温婉、内向、沉静，带着忧郁的气质。

爸爸总是变着法子逗妈妈开心。"你要多笑一笑，多说说话，说话大声一点，不要总不作声、不高兴的样子。"妈妈笑一笑："嗯——都像你就好哒！"说完给爸爸一个嗔怪的白眼。

爸爸表达感情更直接，对妈妈的宠爱从不掩藏；妈妈的爱则始终是含蓄的，不轻易在爸爸面前直接表露出来。

进入老年阶段，爸爸竟慢慢对生活类言情片产生了兴趣，时常看台湾的剧。遇到接吻的镜头时，常常会逗逗妈妈。老年人的打情骂俏竟如此令人感动。

他们又要抱到一起啃萝卜了。

来，我们也啃一下。

.亦邻. 2018秋.

爸爸的冠心病比较严重，侧左边睡心脏就会难受，妈妈便握着爸爸的手，只要爸爸翻身，妈妈就会醒来。

妈妈说："如果我们俩其中一个走了，另一个也活不长！"

妈妈的话让我很难过，我一下子想起儿子点点曾经养过的那对鹦鹉，两只鹦鹉每天叽叽喳喳、跳来跳去，欢乐得不行，后来不知什么原因，其中一只死了，而另一只变得呆头呆脑，没多久也死了。

那年爸爸得了冠心病，自此，他俩每晚都手牵着手睡

那一年，妈妈没有任何征兆就中风了，整个右边身体瘫痪，话也讲不利索。爸爸在医院没日没夜地照顾妈妈，出院后又是带妈妈做理疗又是帮妈妈按摩，还陪着妈妈一起练气功，妈妈终于恢复到可以行走自如了。妈妈常说，如果不是爸爸照顾得那么好，她不可能恢复得那么快那么好，言语中充满了对爸爸的感激。

妈妈这一病，爸爸更宝贝妈妈了，每天想着法子让妈妈开心，陪着妈妈做各种有利康复的运动。

后来，爸爸的腿一天不如一天，两个人出门常常要彼此搀扶、相互鼓励。他们让我看到了爱情最美好的样板。

妈妈中风后，右边行动不便，医生建议多按摩，妈妈在这些方面常不能坚持，还偷工减料，于是爸爸担负起按摩师的工作，每天坚持、保质保量。妈妈最后除能正常行走，还解决了一个困扰多年的顽疾——便秘。爸爸没学过按摩，但他很会琢磨，他告诉我们："按不用太大力，要试着去，用的力要巧。"

1 2 3 4 5 6

7 8 9 10……

100……200

……300

……400……

500……600！

好，完成任务！

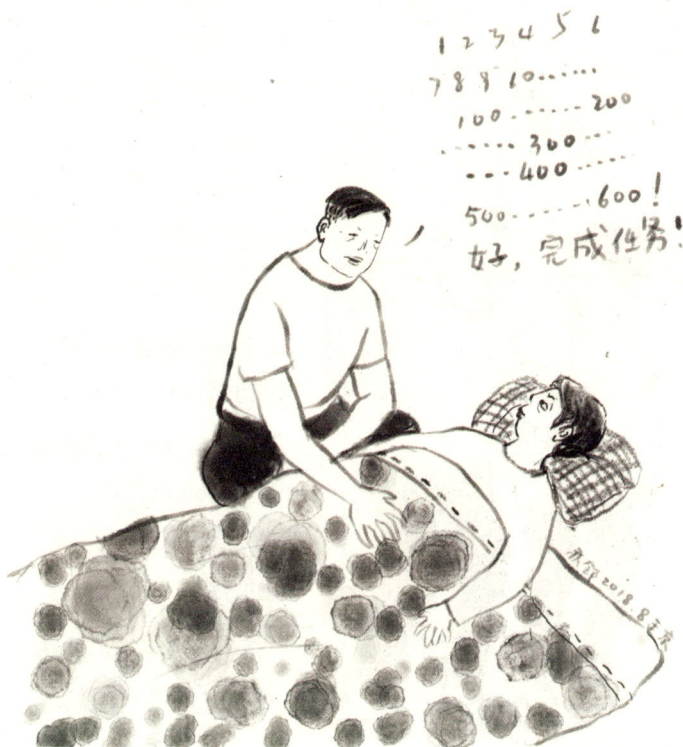

一次他俩去紫竹院公园晨练，回程迷了路，他们一个腿痛一个中风后遗症。两人实在走不动了，相互搀扶着，大声唱着当年在部队唱的歌回到妹妹家。

那年大舅舅过世，爸爸妈妈得知消息抱在一起痛哭，约定以后要两人一起走。

这才是我们熟悉的爸爸妈妈的感情！
浓得化不开的感情！

可是，在爸爸生病到过世的日子里，妈妈表现出的冷漠和麻木，让我们感觉很陌生。

妈妈似乎忘记了爸爸对她的好，忘记了她和爸爸之间相濡以沫的过往。

有爱的爸妈，有爱的家

爸爸妈妈因为默契相爱，因为相爱结婚，所以我们三姐妹从小都是在非常有爱的氛围中长大的。

爸爸妈妈是在部队结的婚，他们最好的年华是在部队度过的，一首《我是一个兵》，爸爸从婚礼上一直唱到我们姐妹仨长大，这是爸爸最中意的歌，这首歌也给我们的童年带来过很多欢乐。

爸爸对我们的教育方法完全来自部队的那套，我们都是他的兵，一切行动得听他的指挥，包括妈妈在内，这是爸爸说的。但是妈妈才不理她，爸爸最怕妈妈跟他生闷气，妈妈一噘嘴，爸爸就没辙了。老三也例外，老三一撒娇，爸爸的心就化了。所以他能指挥得动的兵就只有我和姐姐两个，而我阳奉阴违，还常常控制不住犯规，实际上爸爸真正的兵就只有姐姐一个。

爸爸妈妈的婚礼

二〇一八年十月十五日示邻

爸爸唱了一首
《我是一个兵》
妈妈唱了一首
《藤缠树、树缠
藤》。然后发
给大家一些喜
糖，这便是
爸爸妈妈的
婚礼了。散
场后大伙一
块去看了场
电影。

今天谁得红旗

二〇一八年十月十二日亦舒

以前用的蜂窝煤都是自己打的，
每次打煤时我们三姐妹都特别
开心，各自找到各自的位置。

第一次
喝酒

有一年过年，
爸爸为了营
造节日气氛，
特意买了一
瓶酒，直到
快喝完才
发现不是
酒，而是一种
叫苹果露的
饮料。当然，
那时还没有
饮料一说。

老唐，这酒
很好喝，
没酒味！

大菜
煮白↓

戊戌年夏
赤剑画于京

不知为什么，家里的早餐总是少不了米汤加圆鸡蛋，加糖，爸爸两个，我们每人一个。那简直太折磨我了，直到现在我都不愿吃圆鸡蛋，吃伤了。

二○一八年八月二十七 永邻画

看电影去

我家有两张竹椅，
一张稍大，每次看
电影我和姐姐便
一人背一张，我喜
欢将椅子顶在头
上，姐姐喜欢背
在肩上，妈妈总
说我没有女孩子
样，小时候看过啥
电影我不记得了，
但去看电影的路上
却记得很清楚。

二○一六年八月十二日木耶

那时候一家人出门浩浩荡荡十分欢乐。记忆深刻的姐姐的格子列宁装，妹妹的小红皮鞋，都令我十分垂涎。

安都画于二〇一九年春初秋

爸爸曾经患有严重的血小板减少症，印象中爸爸如果哪里弄出血了，那便是非常紧要的事，一点小创伤便血流不止，以至于左邻右舍都出动帮妈妈找白蜘蛛网给爸爸止血。

　　除了每餐喝点酒，医生还建议爸爸多吃生花生。爸爸没有吃零食的习惯，常常忘记吃，妈妈便将花生剥好，定时拿给爸爸吃。爸爸的血小板指标就是这样在妈妈的悉心照料下慢慢恢复正常的。

　　爸爸的血小板减少症留给我们三姐妹的阴影就是，如果受伤了，只要出血，哪怕是一点点，都会令我们莫名其妙地紧张起来，甚至在旁人看来有些大惊小怪。

爸爸在部队因接触放射性物质导致血小板减少，医生嘱平日喝点养生酒，可爸爸素来烟酒不沾，所以总忘记。于是妹妹这个小人精担负起这个职责，每次饭前便拿着酒杯，嘴里连续不断地喊"爸爸酒酒"，爸爸就这样养成了喝酒的习惯，也因此治好了这病。

二〇一八年九月十四日 亦邻

2017 年春节，爸爸的身体越来越差，全身都肿了，可就是不肯上医院，谁提上医院跟谁急。面对如此固执的爸爸，一家人都束手无策。

妈妈整天不言不语，感觉她的语言功能都退化了，有时候跟我们交流时竟然开始使用手势。

爸爸其实是担心自己住院妈妈在家没人照顾，我们姐妹仨好说歹说，提议妈妈也一起住院，老两口能够互相陪伴，妈妈也可以趁机检查和调养身体，爸爸这才同意入院治疗。两人一起办理了住院，没想到这次入院竟然查出妈妈患上了慢性粒细胞性白血病。

一开始我们的注意力和照护的重心都在爸爸身上，没想到妈妈的病情更加严重。这事我们瞒住了爸爸，怕他老人家担心。

妈妈陪爸爸住院，结果检查出了病来，用医生是妈妈最喜欢的医生，妈妈原来也是外貌协会的。

走路都摇摇晃晃的爸爸，坐在坐便椅凳上还用微弱的声音跟着报警声有节奏地"得啵，得啵"。

主啊，……我要向您呼求，求主安慰妈妈，赐她平安的心……

在医院，我用咖啡稳定不安的情绪。在妹妹的带领下将信将疑开始以基督教徒的形式祈祷。

小钟 2017.2.8.

妈妈的白血病控制得还好。爸爸的身体却每况愈下。

2018 年 5 月，在医院处于昏睡状态的爸爸突然异常清晰地吐出四个字："准备出发！"过了一会儿，又坚定地说："出发！"然后就永远地离开了我们。

在爸爸弥留之际，我画下了爸爸在人世间这最后一张速写，以我的方式跟爸爸告别。

爸爸从生病到过世，妈妈表现出的异乎寻常的冷漠、麻木，让我们姐妹难过又心痛。爸爸的最后时光虽然深受病痛折磨，但他的头脑始终是清醒的，他清楚地感受到了妈妈对他态度的变化。没有得到妈妈最后的温情，爸爸离开的时候是什么心情？他一定也会和我们当时一样，对妈妈的反常感到陌生和困惑吧？

爸爸的呼吸越来越弱……

第二章

爸爸不在了，
生活还要继续

被爸爸过度保护的妈妈

妈妈是爸爸手心里的宝，被爸爸宠了一辈子。爸爸也有自己的小爱好，但从没因此冷落过妈妈。他每天看报纸，都会读报给妈妈听，还分析时局给妈妈解惑。我想这可能是爸爸直到走头脑都还保持清醒的原因之一吧。

妈妈第一次脑溢血，在爸爸的精心照护下恢复得相当不错。妈妈康复后，爸爸便什么活都不让妈妈做，连内裤都不让她自己洗。妈妈去哪都必须由他陪着，如果妈妈自己出去，爸爸会很担心，还会不高兴，这也导致妈妈越来越依赖爸爸。

爸爸把妈妈照顾得特别好，但也把妈妈宠得越来越任性。有段时间妈妈沉迷购买保健品，虽然爸爸觉得不妥，但只要妈妈生气，爸爸便乖乖投降，还陪着她去参加无良商人开的现场营销大会，最后两人双双掉进保健品的无底洞，用光了所有的积蓄。我拿出很多证据证明那些产品的无效和暴利，爸爸说："我晓得羊毛出在羊身上，但是他们可以让你妈妈高兴哒！"现在每每想起爸爸的这句话，我都唏嘘不已。我心里暗暗觉得，是爸爸对妈妈无限度的宠爱，才导致妈妈对爸爸的过度依赖。

啊，原来我复杂的情绪里竟然还包含了对爸爸的怨气，我怎么能够这样呢！我应该从中获得教训，在未来照顾妈妈的日子里不断调整，把握好照顾妈妈的尺度。

帮妈妈适应没有爸爸的日子

爸爸不在了，生活不再是原来的样子。

爸爸走后，妈妈虽然没有表现出我们想象的那种悲伤，但我们明显感觉到妈妈对一切更加漠然了，整天闷坐着，很少开口讲话，身体的毛病也频频出现。

然而，爸爸不在了，生活还要继续。

我们必须尽快帮助妈妈适应没有爸爸的日子。姐姐陪妈妈下棋、散步，在生活上照顾妈妈，同时也训练妈妈做力所能及的事情；我哄着妈妈写字画画，锻炼头脑；妹妹陪妈妈玩游戏，教妈妈跳手指舞，训练妈妈的反应能力。

我们的当务之急是帮助妈妈学会独处，希望她在没人陪伴的时间里至少可以有自己感兴趣的事情做，让自己不孤独。

一辈子的牌友

2018. 元旦
亦邻于北京

爸爸走了，没人陪妈妈打字牌了，我买了跳棋寄回家，姐姐每天陪妈妈下。

文邻 2018.6.4

让妈妈记来

忍住！

抖

放进去了

亦邻 2018.7.26

妈妈，你又便便了？
这次还是没感觉吗？

姐姐立马想办法……

嗯……

妈妈，你没事多做提肛动作

可是妈妈一点也提不起劲来……

2018.6.9.亦舒

妹妹将诗歌编成手语，教给妈妈
这样不仅活动身体，还帮助记忆。

鹅鹅鹅，
曲项向天歌

亦邻 2018、7.25

妈妈被爸爸宠得有些懒，画画、写字可以锻炼大脑，她常有些不耐烦。

哇，妹妹说你
又进步了！

与气球跳舞

白庙外有一
只白猫……

绕口令

在姐姐的陪伴下每天在小区内散步

妈妈配合我们，机械地完成各种活动，在被动中敷衍了事地混着日子，就像鬼神故事里说的被摄走了魂魄的人一样，又或者被施了魔法一般，除了躯壳是我们认识的那个妈妈，行为举止都变得不对劲了。

　　我们姐妹使出浑身解数想让妈妈开心起来，可是无论我们怎么努力，我们在妈妈的脸上看到的依然是空洞、茫然……

第三章

每天一幅画，
唤醒妈妈的记忆

鼓励妈妈拿起画笔

现在想来，妈妈的病还是早有征兆的。

最早让我们感觉到妈妈有些不对劲的地方是：一向忧郁的妈妈突然变得爱笑了。这看起来似乎是件好事，但她笑得花枝乱颤缓不过气来，且一笑就无法停下来，这就让我们觉得有些担忧了。这样的情况持续了很长一段时间。

另一个让我们感觉到妈妈到不对劲儿的，是以前爱美的妈妈现在全然不顾个人形象了。妈妈以前是个特别讲究又很封建的人，她最常跟我们说的话就是："古时候女孩子笑不露齿，走不动裙，现在虽然是新时代，但女孩子也要有女孩子样！"她以前也常唠叨爸爸，说爸爸在部队时再热的天都把风纪扣扣得好好的，可下地方后就全变了，在家里一热就裤衩赤膊不注意形象。

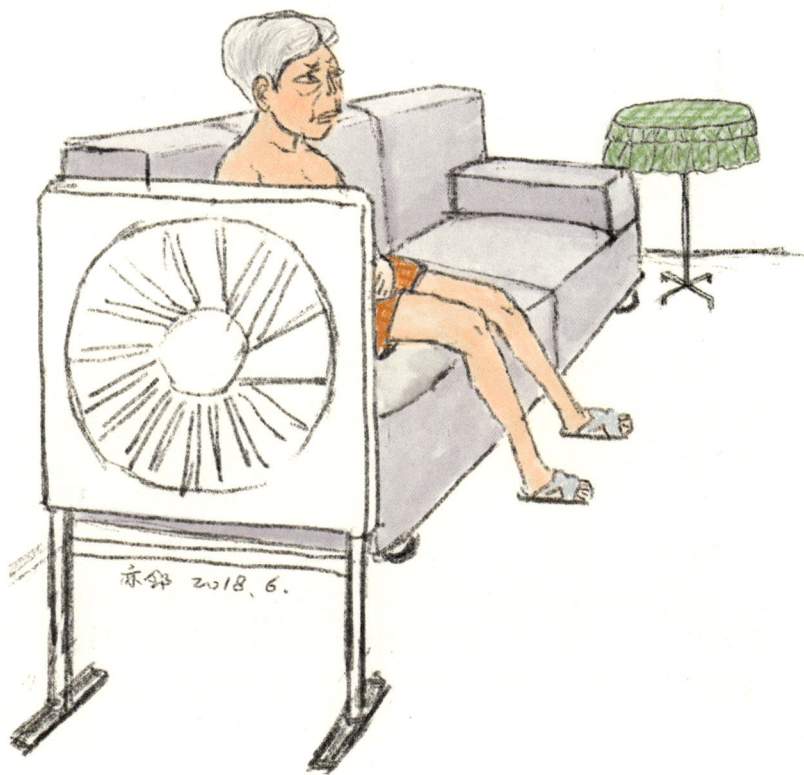

妈妈特别怕热，在家整天赤膊短裤，对着
风扇吹，又不愿意开空调，妈妈变了一个样。
姐姐说这种情况几年前就这样了，爸爸还说妈
妈，以前最怕丑的一个人现在变得不怕丑了。

2015 年冬天，我们发现妈妈"笑得刹不住"的情况更严重了，于是我上网查了一下，才知道她这是脑萎缩的一个症状，如果不注意，很可能导致老年认知症。三姐妹一合计，以后当妈妈笑到接不上气时，我们就将她的注意力转移到别处，重新开一个话题，让妈妈自己慢慢平静下来，然后劝她一定要学会有意识地控制自己。

网上介绍说大声朗读、写字等可以延缓脑萎缩进一步恶化，所以我便建议妈妈多朗读，可以读报纸，也可以找自己喜欢的书来读。妈妈虽然答应了，但坚持得并不好。我那时因为无知，并没有意识到事情的严重性，所以当时只是给了一个建议，很懊悔没有帮她坚持下去。

2017 年春节回家，我从妈妈对病中爸爸的态度上明显感到了妈妈的反常，还以为人老后都会变得自私一些。我那时开始鼓励妈妈画画，希望以此延缓她的脑萎缩的进程。当时我主要让妈妈写生，妈妈断断续续画了几张，画的都是家里的一些小摆设，花花草草瓶瓶罐罐。

妈妈画得很不错，但就是不能坚持。她老人家除了看电视外，对别的事都提不起劲，虽然每天都和爸爸打牌，但其实并不怎么喜欢，只是为了陪爸爸打，日子久了就成了习惯，所以她经常嘴里说着："总是打牌冇么子味！"话虽如此，她却依然每天打卡般，到点就和爸爸打牌。

而我当时也没有很用心花时间和精力去引导督促妈妈画画，她不愿画就由着她了。一方面，爸爸行动不便，身体状况也不乐观，所以我们觉得只要妈妈不排斥，打打牌多陪陪爸爸也是好的。另一方面，我当时把妈妈当成一个认知正常的成年人，我想我已经把这里的利害关系讲给她听了，我的建议她不采纳，那也是她自己的选择。

　　爸爸去世后，我们三姐妹收拾起心情，开始正视妈妈的问题。我认定绘画可以慰藉心灵，从而帮助身体乃至大脑，所以我极力主张让妈妈拾回画笔，坚持画画。我希望画画加上朗读和适当的运动，三管齐下，能够帮妈妈延缓脑萎缩的进程。

　　料理完爸爸的后事，我们三姐妹商量，打算趁妈妈现在还能走动，多带她出去散散心，暑假让姐姐带着妈妈到北京去，这样我们三姐妹又可以一起陪伴妈妈一段日子了，同时我和妹妹也可以兼顾工作。

　　在去北京前的那段时间，妈妈几乎每天都坚持画画，有写生，有临摹，有想象。我离开家以后，就由姐姐来督促妈妈画画。不得不说姐姐的执行力在我们三姐妹当中是最强的，不知道姐姐用了什么办法，总之，在姐姐的督促下，妈妈几乎每天都作画。

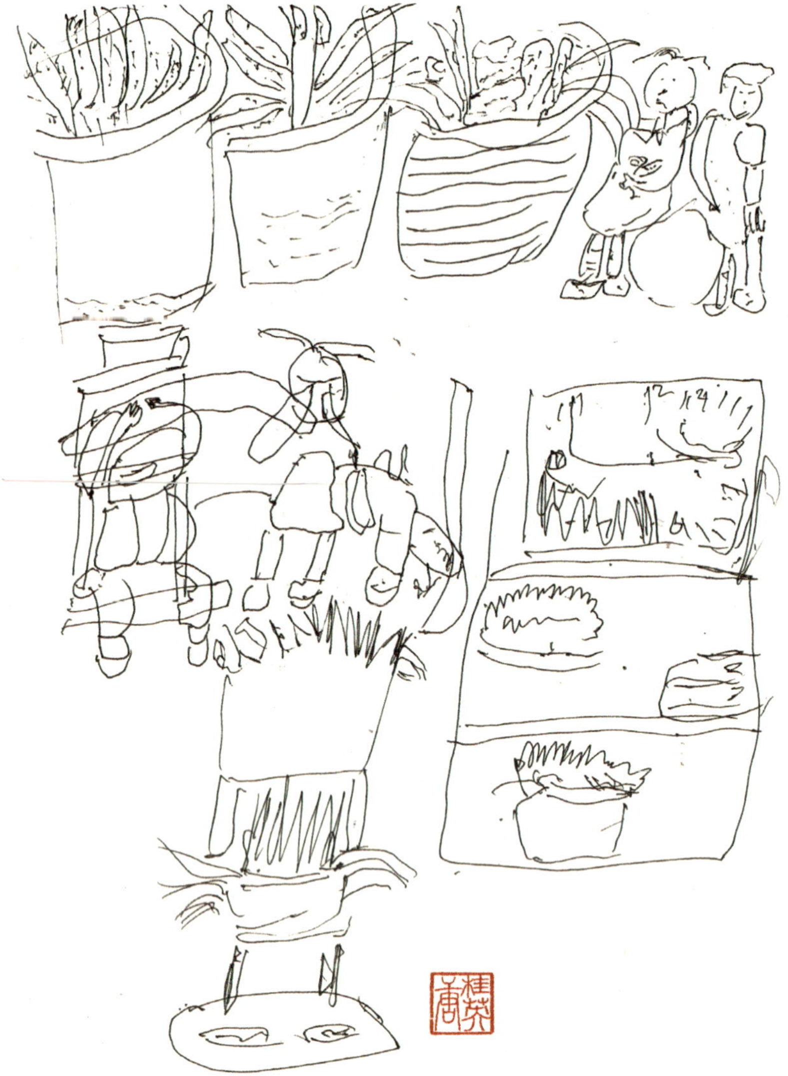

唐桂英 画 2019年 五月二十七

夜桂美术馆
二〇一八年
六月十日

清水寺

建镇美

二〇一八年·六月五日

在家陪妈妈一起画画的那些天，我发现妈妈变得越来越懒，经常是叫一下，动一下。再后来叫几下才动一下。虽然我们猜测是患病的原因，但对妈妈的病症还了解不多，所以对妈妈的懒，我心里是有些不满的。记得我小时候经常被妈妈骂"像算盘珠子一样拨一下动一下"，现在她自己倒变成了"算盘珠子"，而且还是颗有个性的"算盘珠子"，拨几下才动一下。

一天我陪妈妈到小区去画植物，妈妈敷衍地画了几笔就说不会画了，将本子和笔往我跟前一扔。我耐着性子跟她细数画画的各种好处，重点强调画画可以帮助延缓脑部萎缩，不然她就有可能会得老年痴呆。妈妈看了我一眼，拿起笔又画了两笔，又突然把笔一扔说："画完哒。"妈妈扔开画笔时，神情中还带着一点挑衅的意味。我胸中有股小火苗"噌"的一下直往上蹿，我强压住心中的小火苗说："妈妈，不是我非逼着你画画，现在已经有很多的迹象表明你的脑萎缩在加重，如果还不采取措施，后果真的会很严重。我和妹妹一南一北，姐姐的身体一直不好……"我讲得声情并茂，妈妈听着一脸茫然。我有些崩溃了。

那一刻我只想快快逃离她。我走了，虽然是工作的原因离开的，但拿起行李离开家的那一刻，我长长地舒了一口气，企图将连日来堵在胸中的那一团东西吐出来，让自己松快一下。后来才知道，和妈妈这样的患者交流时，我那么咄咄逼人的做法是需要避免的，会激起患者不满的。

妈妈说出"我还记得"

爸爸走后，很长一段时间我都沉浸在爸爸离开带来的一种很复杂的情绪中，说复杂是因为除了悲伤之外，还混合有一些其他我描述不清的情绪。也许是受这种情绪的刺激，我这木鱼脑壳突然开了花，竟然会认真思考起"人生意义"这样的大问题来。我是个头脑简单的人，因为不爱动脑子，从小就被爸爸骂，突然变得这么"深沉"，不是年龄使然，我感觉那是爸爸用他最后一口气帮助我成长。若爸爸真的在天有灵，他应该会感到安慰：这个差点走上歪门邪道的"二鬼子"现在能让他放心了！

我满脑子都是爸爸，心里有悲伤，有埋怨，有自责，有遗憾……还有一些我说不出来的感受。那段时间我感到整个胸腔都被这些东西充斥着，我需要一个出口，于是我开始画爸爸。

我是一个兵

妈妈好多
事都不记
得了，我讲
了许多往事
给她听，明
显感觉到
她脸上的
光彩，于
是决定每
天画一故事
唤醒妈妈
的记忆。

我是一个兵
我是一个兵
来自老百姓
来自

戊戌年夏
亦邻画

爸爸是个补鞋匠 亦邻画

胶水

篮球场上一员猛将

爸爸在部队
时就曾代表
军区参加过
全国篮
球赛，
他爱篮
球到了痴
迷的地步，
因此少年时
倒腾妈妈，
引得妈妈不
满，妈妈总
不着家的事。

亦邻 画于北京
戊戌年夏

记得当年怀
着姐姐，爸
爸为了打球

有段时间爸爸
突然训练我打
篮球，最后以笑
收而告终！也难
怪他总是对我不错。

爸爸是个补锅匠

上小学那会，放学回家第一件事便是打开炉门蒸饭，爸妈事先洗好米、放好水，我们只需要等上大汽后关小火就好了。那时太贪玩，开了炉门后便跑出去玩，结果老玩过头，把锅烧穿，那时补锅匠走街串巷，不定期地来，爸爸便自己把这活给包了。

亦邻画

爸爸有一绝活，就是补袜子，每回补袜子时嘴里就会念叨『新三年，旧三年，缝缝补补又三年』说不上啥心理，爸爸教我的难道样学得还不入他法眼，只是日后用处不大，不如跟妈妈学做新衣服更实用。

赤利 二〇一八年八月二十日

瓶盖

绷紧

织经
纬线

经爸爸补过的破洞会很密实，耐穿，这是他在部队学到的手艺。

〇八三

爸爸教我们擒拿格斗

赤邦画戍戍年夏

由于爸爸的
工作性质，
好罗了很
多人，常收
到多种形
式的恐吓，
于是他教我
们擒拿搏斗，
我因怕苦烦
累，所以只
学了点花拳
绣腿。

爸爸特别会玩，我们小时候玩的游戏他都陪我们玩过，踢毽子、跳绳、吃石子、跳房子等，样样都玩得好，让小伙伴们艳羡不已。

亦邻画于中山 二〇一八年八月三十日

记忆中爸爸唯一一次登台表演的节目是"三句半"，具体内容记不得了。只记得爸爸是说最后半句的那个，每次爸爸说完，台下就笑成一片。

亦邻 二〇一八年十二月十日

记忆中妈妈唯一一次在台上表演，几个阿姨一起排练，时我也在一旁学，还真让我学会了。

手拿碟儿敲起来，小曲好唱口难开，声声唱又尽人间的苦，先生老总高兴收。

手拿碟儿敲起来

东令二〇一八十二月八日

你现在专门画我和你爸爸，画得好！

我给你鼓掌！

我给妈妈看我画的爸爸妈妈当年的故事。妈妈表现得非常开心，这样的反应在我记忆中还真是第一次呢，看来她是喜欢的。

我突然看到了一个希望，也许我每天给妈妈画一件过去的事情，刺激她的记忆，能够帮助她延缓脑萎缩。我不懂这样做是否科学，但我近乎盲目地相信艺术可能带来奇迹。而且我认为这也许是通往妈妈内心唯一的途径了，如果能让妈妈和我一起来聊聊过去，一起画过去的故事，说不定真能唤起她的记忆，延缓她的病程呢。我为我这个发现欣喜若狂！

　　那天我把爸爸妈妈年轻时登台表演节目的两张图给妈妈看，妈妈看完拉着我激动地说："郭个，我还记得。"

　　妈妈的一句"我还记得"，让我开心得都要落泪了！为了听到妈妈说出"我还记得"，我一张接着一张地画了下来，后来我把这个系列的画叫作"唤醒妈妈的记忆"。

和妈妈一起留存记忆

妈妈变得越来越沉默，很多事她都不记得了，词汇量也明显变少，和我们说话时，借助手势表达的情形也越来越多了。

姐姐想尽办法逗妈妈说话，我和妹妹都尽可能多地跟妈妈视频聊天。每次面对视频里寡言少语的妈妈，我们的交谈十分艰难，倒是对于我们的嘱咐，妈妈总是很乖地答应。

"妈妈，听姐姐说你在乘了？你要听姐姐话，把身体养好，这样我们就可以早早在北京团聚了。"

"好！"

"你在家要坚持画画呀。"

"我每天都有画的，还照你的份画呢！"

"妈妈好棒啊，姐姐有给我看的。妈妈你还记得你的泳衣吗？"

"记得，我那时游泳游到一个上校下面去了。"

"哈哈哈哈，我们一起来画这个故事吧！"

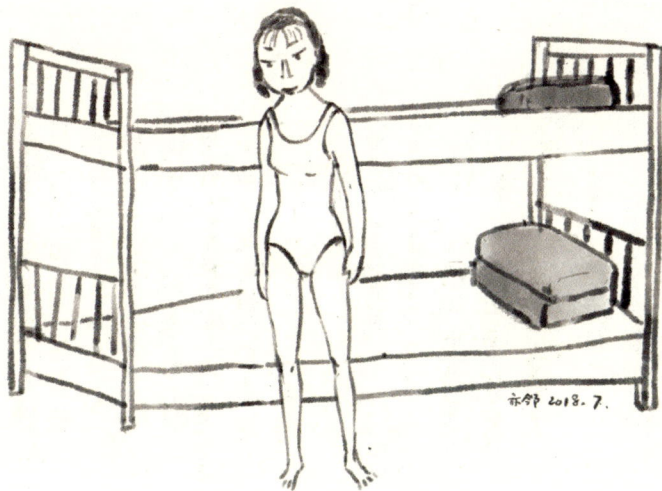

永邻 2018.7.

妈妈那时因害羞总
是一个人抱着一块木板
到处窜，爸爸是教
练，几次三番想去教她，
可敏感的妈妈一旦感
觉有人靠近，便抱着
木板双脚一抻，迅速逃
开。有一次一位首长正躺
在水面，双手轻轻拍打水
那时仰泳正盛行，妈妈在
水底窜来窜去，被首长
拍到，妈妈从水底钻了
出来一看特别囧，赶紧
溜。这事被爸爸取笑
了一辈子。

二〇一八年七月十一日
于郑于中山

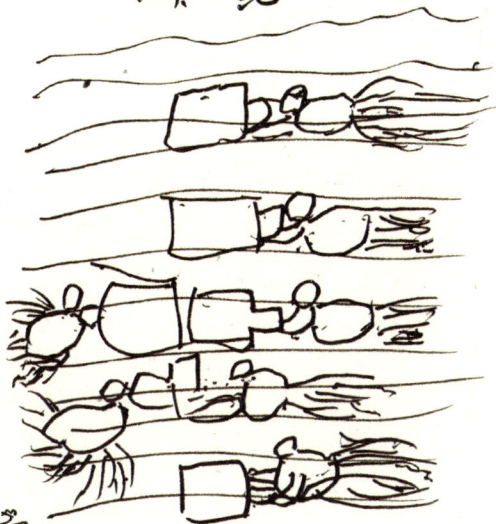

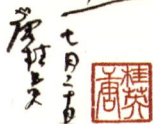

你爸爸是教练，但一过来我就抱起一
块木板，脚一抻，一下就跑得好远的。

游泳是爸爸妈妈特别美好的回忆，当时毛主席横渡湘江，以实际行动号召大家到大风大浪中锻炼成长，全国掀起游泳热。爸爸是个游泳健将，当年他横渡湘江还获得一枚纪念章呢。

爸爸特别爱游泳，周末时常和几个战友一起去湘江游泳，让妈妈坐公交车给他们送衣服。妈妈不乐意，说他们穿那么点东西，望哒烦躁，但拗不过爸爸，要么就慢腾腾地去让他们在烈日下等着，要么就离得天远地远地将衣服一扔就跑掉。妈妈每次说起这事自己也觉得好笑。

我发现对于聊过去的事情妈妈的回应会热烈一点，于是我有意识地和妈妈常聊过去的事情，并且鼓励妈妈和我一起把那些往事画下来。

一次我引妈妈聊她的童年，说起童年妈妈会不由自主地流露出对外公的怨。妈妈说她小时候特别想读书，外公不但不让，还会拿着一把锄头挡在她去往学校的路口，让她去"闷车子"。

我的童年也有外公和木质独轮车，但我是快乐地坐在麻袋上，被外公推着穿行在田间小路上。外公的独轮车是妈妈心里的刺，却是我的一个美好的童年记忆。

你外公总是天还有亮就喊我起来给他克闷车子，我不想克，又有得办法，我就上坡的时候不出力，下坡的时候就放肆跑，你外公在后面一边跑一边骂，哪个要他不准我读书啊。

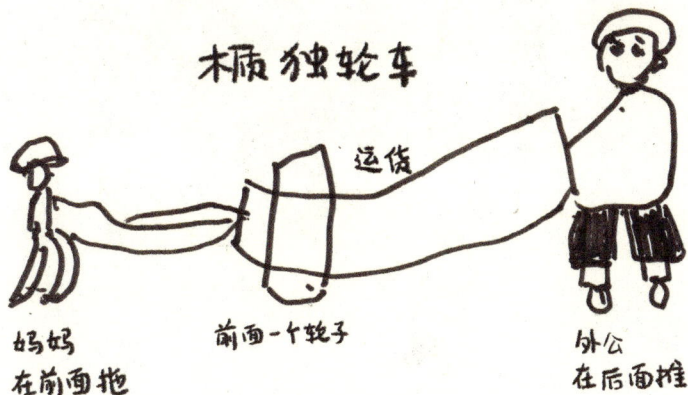

木质独轮车

运货

妈妈
在前面拖

前面一个轮子

外公
在后面推

妈妈的
童年
生活

闷车子是湖南话，这是
妈妈
儿时的烦恼，
因为每次都会因它上
学迟到，因此妈妈想
方设法表达自己
不满的情绪

二〇一八年七月二十日 亦郁

我画的"妈妈帮外公闷车子"

妈妈说自己的性格像外公，外公性子急，动不动就磕栗壳子（湖南方言，指将中指和食指弯曲，敲对方的脑门）。

　　妈妈说当年外公常和人开玩笑说嫁女，妈妈听了心里特别难受，她认为外公重男轻女："整天说嫁女，好像屋里就多哒我一个！"妈妈后来和外公怄气，离家出走，很长时间都不理外公。直到过苦日子时，妈妈得知外公饿得得了水肿病，才把外公接到部队。

　　我问妈妈："这么多年过去了，提起外公你还在埋怨，那你还爱他吗？"
　　"爱呀，那肯定爱嘞！"

有一次你外公外婆带咪我和弟弟
一起克舅外公家，外公性子特别
急，外婆慢了一点，他就发好大的
脾气，哦呼，吼好大郭一声。

去舅舅家

七月大日

建树美 亮军

"晚嫁女克！"这句玩笑
话是妈妈少女时期的噩梦，
让妈妈伤透了心。

妈妈说外婆性格好。妈妈记忆中的外婆从来都不发脾气，总是不急不缓。外婆有个前卫的观念："妹子才更要读书，伢子可以靠体力养活自己，妹子如果有得文化克卖力气太可怜了。"所以，即便是变卖首饰，外婆都坚定地要送妈妈读书。"可惜我最后还是初中冇读完！"妈妈不无遗憾地说。

妈妈一提到外婆，紧缩的眉头一下就打开了，眉眼带着笑，她对于外婆的记忆全是快乐的。外婆教过妈妈一首湖南民谣"月亮粑粑"，妈妈现在居然全都记得。我不记得妈妈是否给我唱过，但是当年她曾经给我的女儿唱过，她唱的时候会将最后一句改为："姑娘你莫哭，翻过岭就是狗的屋。"一边唱一边用额头来顶她的小胸脯，顶得小姑娘咯咯咯地笑。

你外婆性子好，上下屋的人都跟她合得来。她是一个好心人。

你外公做什么事都要强过别个，吃饭、做事都比别个多。

郭是我小时候，穿的是棉袍。

我的性格像你外公。

你外婆　　你外公　　　　　我

你外婆那时候在屋里养哒鸡和鸭，平时在屋里洗哈衣服、煮哈饭，搞些家务，一般不要插田。

你外婆纳鞋底纳得几好的。

秋妈妈
给我
洗澡

二〇一八年七月十七号

坚持文

月亮粑粑，
肚里坐个爹爹，
爹爹出来买菜，
肚里坐个奶奶，
奶奶出来烧香，
肚里坐个姑娘，
姑娘你莫哭，
翻过岭就是你俩屋。

有一段时间妈妈特别沉默，无论跟她说什么，她都只用摇头或点头来回应我们，我们绞尽脑汁都无法让她老人家开金口，但是唯有一个问题，任何时候我们问，她都会很认真地回答，并且表情还特别生动，眼神发亮。那个问题是："你这一辈子最自豪的事情是什么？"妈妈的回答是："就是生哒你们三个女！"

每次吃完饭我们都想让妈妈和我们多聊会天，我们绞尽脑汁尝试各种话题，试图弄明白妈妈现在最感兴趣的是什么，但很遗憾，任何话题都是不能持续太长时间，妈妈们不停要去完成下一个任务。

妈妈对我们三姐妹的印象倒是一如既往，没有任何偏差。

　　妈妈还画下了我们小时候。妈妈画画有个特点，很自信，下笔肯定，画得说不上好看，但造型特别好玩，只是好些字妈妈只记得一个大概，所以有些画里出现了错别字，我想这特别能说明妈妈当时的状态，也就没有更正。每次我看到她画的我，我都忍俊不禁，这就是我在她老人家心目中的样子。

这是老大小时候　张建英　一六年十二月二十日

七月二十五　姨妹子被拦关　正在小时候跑回家

李二抓鸭子　二〇一九年四月二十六日　张建英

妈妈画的三姐妹小时候

老三拿着布娃娃

二〇一八年十二月二十二日

妈妈

给小朋友搓屁股真是好

老三拿一条课凳手中

二〇一八年七月二十五日

姐姐胆小、听话，不惹事，我胆子大，爱惹是生非，所以几乎每次"干坏事"都是我出的主意，姐姐挨罚，因为爸爸认为作为姐姐应该带着妹妹学好样，要阻止妹妹"干坏事"。

有一年发大水，爸爸妈妈要上集市买菜，千叮咛万嘱咐让我们不要出去，结果等爸爸妈妈前脚走，我就鼓动姐姐出去玩，姐姐乖，不敢去，我眼珠子一转："我们不出去玩，去接爸爸妈妈。不走远了，就去到小坡底下。"姐姐就答应了，两人高高兴兴来到小山坡下，我又引诱姐姐："起码要走到坡中间吧。"到了坡中间，我又说："起码要到……"就这样，两个人越走越远……爸爸妈妈回来不见我们，一下子急了眼，到处去找，到下午才把我们找着。我和姐姐回到家就被爸爸狠狠责骂了。

姐姐写第一份检讨书、第一次被爸爸罚跪都是被我牵连的，妈妈看了我画的这个故事后皱着眉头说："都是你的鬼。"

妹妹特别能吃苦，尤其在练基本功方面，因为她喜欢舞蹈。姐姐去株洲读书后，就我和妹妹在家，跟着爸爸练擒拿格斗，多苦的训练妹妹都能承受，所以深得爸爸欢心。

　　妹妹是爸爸的心头肉，爸爸对妹妹特别温情，就连妹妹遗传了爸爸脸上的雀斑，都是爸爸偏爱她的理由。我常开玩笑说，如果女儿中有爸爸的前世情人，那一定是妹妹，姐姐不大可能是，而我最没可能是他的上世情人。

有一天妹妹发现爸爸脸上也有雀斑，只是因为脸黑看不出来。爸爸说那因为特别喜欢她，才把雀斑传给了她，嘿嘿，我一旁偷笑，暗庆幸我非他老人家的最爱。

这个好办，莫吃酱油就好了。

来，等我来看看！

亦舒 2010.11.14.

一二三

我一岁后，爸爸妈妈就把我送到了乡下外婆家，从此过上了爬山滚地、自由自在的放养生活。

大家都认为我特别淘气，不像一个女孩，像个伢子，太淘气。爸妈给姐姐妹妹玩的是洋娃娃，给我玩的是木头枪。我其实内心特别希望有个洋娃娃。爸妈了解我的只是我的一个面而已，其实我也有安静的时候啊，只是我安静的时候做的那些事情都是他们不喜欢的，比如画画和剪纸，所以很多时候我都背着他们偷偷画。

当然妈妈说我很"恶"也没冤枉我。姐姐是出了名的乖乖女，长得好看，干干净净，每次只要到外婆家，大家的注意力全在她身上，个个都夸她，同时顺带贬我一下。说不清是出于一种地盘意识还是出于对姐姐的妒忌，我常会欺负她。

现在问妈妈对我小时候记忆最深刻是印象
是什么，她就会毫不犹豫地说"好恶的。"
这大概是我童年干的最恶的一件事了。

嗨，站住！
什么的干活？

我路过的！

红薯。

喔，手上
拿的什么？

永邻 2019.2.22.

红薯啊？
我看看。

我用鸡蛋
跟你换，
要不，不
准过！

最后我当然如愿以偿。这是我生平第一次也是唯一的一次做"路霸"。

"妹妹怕屁股进水""我出主意让姐姐抱着妹妹倒着走路""我捏鸭子"，这几件是我们小时候的经典故事，我小时候有两件恶行奠定了我在妈妈心里的永远的印象——好恶的，捏鸭子是其中一件，另一件是拿榔头敲姐姐的背。

　　我把这些场面也都画了下来，妈妈现在虽然还都记得，但我担心也许要不了多久，妈妈会连这些也忘记了。

妹妹凄厉的哭声让我想到一个成语——响彻云霄。妈妈气急败坏，她无论如何都想象不出水怎么可以进到屁眼里去。姐姐心疼妹妹，躲在一边抹眼泪。

啊——
不得了了——

屁眼进水了！
啊——啊——啊
……

2018. 9. 木铎画.

这个画面是妈妈对我的童年唯一能非常清晰地描述出来的画面，每次说完还不忘补一句！你像个男孩子，不像妹子！

戊戌年亦舒画于京

夏

救命啊！救命！

鸭子遭横祸突袭锅

一一九

我时常庆幸妈妈生了我们三姐妹，这样的搭配再完美不过。虽然我时不时会连累姐姐，嫉妒妹妹，但其实我们姐妹三个的日常是这样的：我闯祸，有姐姐心不甘但情愿顶缸。我总给姐姐制造麻烦，但也常帮姐姐解决问题。姐姐哪哪都好，她是大红花，但也少不得我这个绿叶衬。妹妹爱表演，两个姐姐一起给她捧场。我和姐姐心血来潮想做发型设计师，妹妹就当我们的模特。偶尔，我们三姐妹也串通一气，联合起来干干坏事。三个妹子一台戏，我们家这台戏啊，缺了谁也演不好。

姐姐给我洗坐脚

我给姐姐洗坐脚

听话，雨
不衣服都
搞湿了。

你还在玩，
还不把屁屁
翘起来！

我和姐姐一起给妹妹洗坐脚

·赤邰·
2018. 12. 15.

姐姐给我梳辫子　　我给姐姐梳辫子

今天我们编
回服辫吧!

我和姐姐一起给妹妹梳辫子

亦舒 2018.12.26

卷头发

赤郭画

二〇一八年九月二十一日

我们在《大众电影》杂志里感受到卷发的魅力，于是妹妹的头发便成了我们的试验田，她从小就爱美，只要让她相信是为了让她更美，她便什么苦都愿意受，所以当我们将烧得发烫的筷子把她的头发卷起来，烫得冒烟时，这孩子依然微笑着，一脸对未来的憧憬。

一二三

用发夹和
毛线自己
DIY的耳
环.

每天午休是我们三姐妹的专场，用枕巾绑在胳膊上便是
我们的水袖。三个人都争着当小姐，不愿做丫环。不明白
为啥特别爱演播雨而泣的戏。当然，也会将枕巾做成
披风，演演杨子荣啥的。上班号一响便急忙假睡，三个
人各都很会演。

余争 2016.11.25.

第四章

这个懵懂的妈妈
也曾是超人妈妈

妈妈总是一脸漠然

　　2018 年暑假，姐姐带着妈妈来到了北京，我们三姐妹也在北京聚齐了。我们天真地以为，在北京，有我们三姐妹陪着，妈妈一定会很开心，虽然我和妹妹仍然要工作，妈妈主要还是由姐姐陪伴，但至少我们一家人能朝夕相见了。

清一色姓唐的来到"唐咖啡",这也是我的第一次和妈妈一
起泡咖啡厅,我们带上跳棋,妈妈的编织工具,画画的
画画,看书的看书,好安逸。

承锐 2018.8.4 北京.

一二七

然而我们错了。来北京后，妈妈变得像个孩子，而且是那种不讨人喜欢的孩子。她时刻要人陪着，特别怕孤独，她的心似乎总处于不安中。

　　我们想方设法来安慰她，但在她那我们得不到任何反馈，看到她一脸漠然，有时候真的有些心烦。而最让我受不了的是，妈妈居然需要我们来安排她的每分每秒。

　　更令人崩溃的是，妈妈做任何事情很少能够持续五分钟。我们要不停变着法子、换着花样来安慰她。有时候我感觉她好像并不知道自己在说什么，有时候也不知道她是否听懂了我们说的话，那种感觉很怪异，也让我感到特别的无力。

　　看着妈妈茫然又毫无生气的脸，有时候我会想，现在的她，对痛苦和快乐还有感知吗？

　　我问妈妈，在她的人生中痛苦多还是快乐多，皱着眉头的妈妈立刻舒展了眉头说："快乐多！"看着妈妈漠然的眼睛，我想，一个人能够拥有感受幸福的能力是多么幸福的一件事情啊！很不幸，妈妈似乎正在渐渐失去这种能力，只剩一脸漠然。

赤鈴画

亦邻
2018. 7

妈妈的依赖让我很不适应，我不知道哪不对，让我有些烦燥。

妈妈，我在工作哈，一屋子人都陪着你呢！

老二，来和我下棋咯！

妈妈，妹妹在画画，要不你也画画吧！

亦邻 2018.8 于京

"妈妈，你总叹气，不开心啊？"

"唉，冇得事做。"

"那你想做什么？"

"我不晓得。"

"你喜欢做什么？"

"画画。"

妈妈拿起本子画了不到两分钟就说不画了。

我：妈妈，你为什么总是愁眉苦脸？

妈妈：我也不晓得。

我：你很不快乐吗？

妈妈：没有

我：那为什么总唉声叹气？

妈妈：我也不晓得。

看着整天愁眉不展的妈妈
三姐妹一筹莫展……

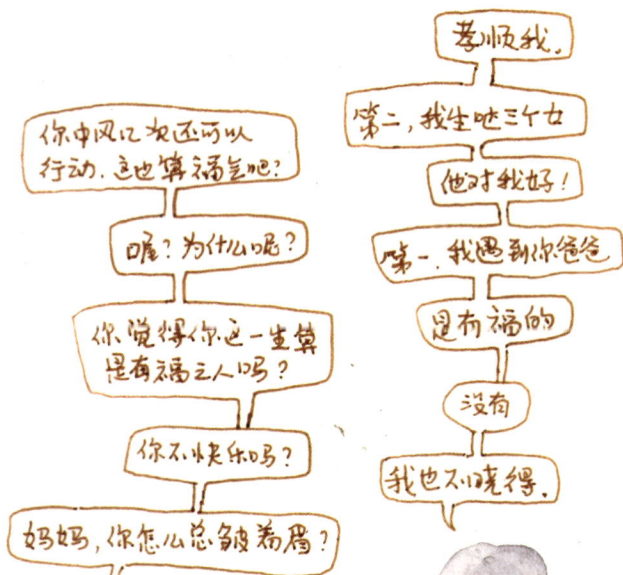

那时我的超人妈妈

面对妈妈，我常有些恍惚，眼前这位百无聊赖、表情懵懂的糊涂老太太，与我们记忆中那个心灵手巧、无所不能的超人妈妈，真的还是同一个人吗？

以前的妈妈心灵手巧，会绣花，会裁剪，会车衣服，会编织，各种女红都得心应手。以前的妈妈爱动脑筋，人特别灵泛，还喜欢读书，会讲故事，是我们心中的故事大王。以前的妈妈会做各种各样的面点、小吃、家常菜，长大离家后，每每想念家的味道，就会想到妈妈做的甜酒、腊肉、香肠、豆腐丸子、霉豆腐、腊八豆、酸豆角、剁辣椒。

以前的妈妈特别讲究，她爱美，爱生活，在那个年代，她无法尽情释放自己对美的追求，但是她将这份热爱转移到打扮我们三姐妹、装扮我们的家上，不仅我们姐妹仨的衣服总是与众不同，就连家里的窗帘、桌布、床罩的款式也和别家的都不一样。妈妈对于邋遢、不美的人或事物总毫不掩饰自己的嫌弃。

衰老和疾病删除了妈妈的部分记忆，同时也把她以往的那份对美好的追求和向往一并抹去了！现在的妈妈正在逐渐变成她自己曾经讨厌的样子。一个人怎么会发生这么大的变化呢！

我们小时候穿的衣服都是妈妈做的，任何款式妈妈只要看一眼就能做出来，并且又合体又时髦，列宁装、背带裙、幸子裙，无一不被大家称赞。在那个穿衣单调的年代，我们姐妹三个穿着妈妈做的衣服，赢得过很多羡慕的眼光。除了我们姐妹仨的衣服，爸爸的衬衫、中山装，外公外婆的老式便装，都是妈妈亲手做的。

　　妈妈给我做的衣服举不胜举，但我印象最深的还数那条专门为我设计制作的生理裤。我小时候每次生理期都痛不欲生，有时候一天要换几次内裤，夏天还好，到冬天就特别不方便。妈妈便设计了一条可以拆解成一片，还可以调节松紧的生理裤给我，这样每次换内裤的时候，不需要脱外裤就可以直接换。妈妈是个爱动脑筋的人。

妈妈善女红，绣花、做衣服、织毛衣无所
不能，我从小便受其影响，
跃跃欲试，但妈妈
不让我们学，她
希望我们能将时
间都放在学习上，
只是她没料到即
便我没把精力放
在女红上，也并未
将成绩搞好，结果
两样都不行。虽然，后来也做些手工，
但始终技艺不精，我问妈妈当年怎么
会有这种想法，她说她小时想读书
没读出来，希望我们能完成她这个心
愿。没想我还是让她失望了。

二〇一八年九月十九日亦铭

我家所有衣服都是妈妈做的，妈妈是个完美主义者，一点不满意都要拆。每次拆的时候爸爸就发愁。

「老唐欸，你莫拆咯，我一看你拆就愁死了！」妈妈一般都是送去一个白眼。

「郭就怪哒！又不要你拆，你愁么子啦！」正是妈妈的高要求，我们从小穿的衣服又合体又时新。

妹妹是个跟屁虫，无论妈妈做什么都喜欢跟在旁边哼哼，直到被怒骂一顿才心满意足。

爸爸加高的凳子 →

二〇一八年八月二十日
亦舒画

一三八

小时候我很想跟妈妈学车衣服，但妈妈不鼓励我们做女红，她希望我们有更多的时间学习，我是趁妈妈不在家偷偷学会踩缝纫机的。有一次我央求帮妈妈车一个小被面，因为是烤火用的，对做工要求不高，妈妈就答应了，没想到我居然车得还不错，于是我偷踩缝纫机这件事再也瞒不住了。

　　刚毕业那会儿，因为不需要再温功课了，妈妈做衣服时我就跟在旁边学，妈妈教我一些裁剪方面的知识，还教我看裁剪图，那是我和妈妈关系最好的一个阶段。

　　三姐妹中只有我对做衣服特别感兴趣，在这方面和妈妈有很多可以聊的话题。我给妈妈看了上面这张踩缝纫机的画，聊起她当年踩缝纫机坐的那张凳子，那是爸爸专门加高给妈妈踩缝纫机坐的凳子。妈妈对这件事记忆已经有些模糊，但是几个月后姐姐再次跟她聊起这件事，她居然又记起来了，并且还画下了一张爸爸修凳子的图。

一九四十二月十九日
程桂芳

修登子

上世纪八十年代，日剧《血疑》中山口百惠穿的海军领学生裙引起大家关注，那时想买电视剧里的服装还真是有钱没处买，但我们有个能干的妈妈，为我们三姐妹一人做了一条，三姐妹走在路上相当拉风。

亦邻 2019.7

亦邻
2019.7.1

妹妹的这条裙子是我和妈妈第一件合作的
作品。款式是我根据一张挂历上的外国小女
孩的裙子稍加改变而来，我挑选的面料，并
改进了肩带，使它可以自由调节长短，这样即
使妹妹长高也可以穿。肩带是我亲手钩编的，
这条裙子妹妹穿了很多年。

亦邻 2019.5.11

这一套时装从里到外都是我和妈妈
共同的作品，包括帽子。当时是为了
参加一个时装设计表演。圆垫肩、箭
袖、女装男性化……哈哈哈，那个年代
的标签。

赤郎 2018.12.21

妈妈特别爱看小说，平时上班忙，回到家三个孩子要管，爸爸不会做菜，只能打下手，所以妈妈只能在晚上睡觉前看几页。听故事的邻居们每次听不过瘾，总催促妈妈多看几页、看快点，好讲给她们听。

睡觉了，你那样把眼睛看坏了！

你睡嘛，就看完郭一点。

亦邻 2019.12.

那时候，左右
邻里的大人小
孩都喜欢来
我家听妈妈
讲故事。如果
是冬天，
妈妈会
泡上一壶
喷喷的芝麻
豆子茶。还会
准备些零食，
然后一边做着
针线活一边给
大家讲故事，
记忆里最深刻的
是《一千零一
夜》。

戊戌年 林曦画

↗地炉子

妈妈养了一窝鸡

每天晚饭后，妈妈便拎起笼子
到操场去喂它们。爸爸虽然嘴里
说妈妈没事找事干，但每次都会
陪妈妈一起去。

哈哈，挺
好玩的！

亦邻 2019. 经

糖油粑粑

满足的笑,幸福感满满,
住往嘴里送,脸上洋溢着
粑的样子:一边吹一边忍不
便浮现出爸爸吃糖油粑
要见到糖油粑粑,脑海里
做一次给爸爸解馋,现在只
髓,每隔一段时间妈妈便会
爸爸爱糖油粑粑爱到骨

二〇一八年十月一日 东邻

小时候，爸爸妈妈每天早上很早起床给我们做早餐，我们最爱的是银丝卷，尤其是那种迷你的。每次妹妹提出要，爸爸都会满足，有天我听到妈妈说做小的大费时间，爸爸脸上洋溢慈爱「你三姑娘喜欢呀」可是如果是我提出这个要求，得到的回答就是「大的小的不是一样吃」

二〇一八年八月十四日 亦邻画于京

一四八

没住楼房时，妈妈总会想方设法开垦一个菜园，并且让整个园子生机勃勃。我对妈妈的菜园的最深刻的不是里面的菜，而是各种花，以至于我怀着儿子时做的胎梦都是妈妈的菜园，以及园子里的南瓜花、丝瓜花、豆角花……

小屋子是爸爸盖的工具屋，也是妹妹的小兔子的窝

市铭 2019.12.

妈妈那些曾经的理想

经历了照顾生命最后阶段的爸爸，我对衰老的恐惧由害怕皱纹、老年斑，直接升级到对身体机能的丧失以及失去存在价值的恐惧，说到底就是对死亡的恐惧。我开始思考当衰老使我成为一个"没用"的人时，我活下去的理由是什么。

很小我就被教导长大以后"要做有用之才"，老了以后要"老有所为，老有所用"。可是，正如《最好的告别》里说的："凭着运气和严格的自我控制（注意饮食、坚持锻炼、控制血压、在需要的时候积极治疗），人们可以在很长一段时间内掌控自己的生活。但是，最终所有的丧失会累积到一个点，到这个点时，我们的身体或者精神没有能力独自应付生活的日常要求。我们终将变老的事实不会改变——功能性肺活量会降低，肠道运行速度会减缓，腺体会慢慢停止发挥作用，连脑也会萎缩。"是的，我们终将会变老，我们终将到达那个点，无可奈何地成为"无用"的人！没有用了，活着的意义在哪里？

这个时候才看到《最好的告别》，有些遗憾，如果早点看到，在对待爸爸的一些在我们当时看来非常顽固和不可思议的举动时就会理解其中缘由，理解了就不会有那么多的抱怨。

从书中我还学习到一个概念，就是医院的职责是以挽救生命为目的的，所以当爸爸心衰时医生会严格控制进水。在生命最后关头，家属其实需要在让亲人备受煎熬地多活几天和减轻他的痛苦两者间做一个选择。如果早点懂得这些，在爸爸口渴到舌头开裂，拼命要水喝的时候，我就不会死板地遵医嘱不给他水喝，还跟他发脾气了。"喝水，喝水……"已经过去一年半了，爸爸求水的虚弱喊声还常在我耳边响起，喊得我的心揪成一团……

　　我又庆幸现在看到了这本书，至少在照顾妈妈时我有了一个观念上的改变，吃喝安全不是照顾一个老人的全部，更重要的是将照顾妈妈的日常生活建立在让妈妈更好地生活上，使她能够从生活中获得价值感。而且我知道了要趁着妈妈还能交流时要去了解：什么对她来说最重要？她真正的愿望是什么？她如何看待死亡？如果心脏停搏，是否要做心脏复苏？她是否愿意采取插管和机械通气这样的治疗？如果不能自行进食，她是否愿意采取鼻饲？……这些都是在此之前我从来没有认真想过的问题。

有了上面的思考，一天我和妈妈聊天时，我问她："妈妈，你年轻的时候那么拼命地工作，箍了步枪，人家壮年男人都是两人抬头，你一个弱女子却一个人抬一头，是什么力量让你那么拼命的？"

　　妈妈茫然地看着我，过了一会儿说："不晓得。"

　　"我以前问过爸爸，爸爸说是为了国家和人民的需要。你呢？"

　　"……也不是，大家都很积极，我也不能落后，就是因为性格要强。"

　　"那你小时候想成为怎样的人呀？"

　　"小时候我很想成为一个文艺兵，我 7 岁就上台演过《小放牛》。"

　　说起这段经历，妈妈眼里闪耀着光芒，自豪得很。

　　我问她能否把这些画出来，她很干脆地点点头："可以！"作画的时候她也是毫不犹豫地拿起笔就画，很有范！

我那时演戏你外公也不喜欢，总是郭骂我："妹子三嘎，猫弹鬼跳！"

小永牛

七岁那年，我帮你外
公阙车子，到哒市里
头，看到一队文艺兵，
都是女兵，走在街上，
我把车子一放，跟哒
她们背后跑。
我好想当文艺兵。

后来妈妈虽然到了部队，却没能实现当文艺兵的愿望。没当上文艺兵，并不妨碍妈妈热爱文艺。我小时候还看过妈妈上台表演。每次我们家开家庭晚会，妈妈都积极表演节目，妈妈最喜欢和妹妹一起表演《刘海砍樵》。

2019 年，妈妈在我家过春节，可能是因为家里人突然变多，妈妈特别不安，非常焦虑，但是当妹妹拉妈妈一起边唱边跳时，妈妈的表情就会立刻生动起来，非常神奇。

我们发现妈妈只要表演，脸上表情就会变得很灵动，她对表演是真的喜欢。这个发现让我们很兴奋，我们三姐妹想方设法鼓励妈妈唱歌、表演。

走，走，走，走
到大门口……

你也走，我也走，
我给月亮提花篮，
一提提到大门口，
大门口，三个大姐在梳头，
一姐梳个粑粑鬏，
二姐梳个插花头，
三姐不会梳，
梳个狮子滚绣球。

一姐梳个粑粑鬏

二姐梳个插花头

三姐又会梳

妈妈今天主动唱起以前的童谣，唱了两遍，只有
最后一句与另一首搞混了。姐姐录了视频发给我
们看，还有一段是《刘海砍樵》。

2018年11月8日 亦邻于京

一五六

听到姐姐说妈妈的变化，我真是太开心了呀，我们分析也有可能是这段时间姐姐带妈妈接触其他老人的原因，也可能姐姐这段时间对妈特别耐心，又或者是一起的作用，总之有了好的变化。

刘海军，我的夫，你把我比作什么人嗯嗯？

武邻 2013.11.9.

后面还有一段，今天都是她自己在那唱出来的，我发现最近妈妈活跃了不少，我做事时，她也在一边做"一枪打四鸟"或者唱这些歌。

一枪打四鸟

一枪打四鸟

一枪打四鸟

一枪打四鸟

"一枪打四鸟" 是训练大脑的一个手指游戏，妈妈玩得很溜。

京都 2018.11.26.

大拇指小拇指 大拇指小拇指 大拇指小拇指 大拇指小拇指 大拇指小拇指 大拇指小拇指 大拇指小拇指 大拇指小拇指 大拇指小拇指 大拇指小拇指 大拇指小拇指 大拇指小拇指 大拇指小拇指 大拇指小拇指 大拇指小拇指 大拇指小拇指 大拇指小拇指 大拇指小拇指 大拇指小拇指

妈妈不想玩"一枪打四鸟"游戏了，姐姐又整了3个
新的手指游戏让妈妈玩，妈妈很快又玩熟了，
还表演给我们看。

2018. 11. 27. 成都.

一五九

我们为了明天唐家春晚开始排练起来。妹妹和妈妈的《划海砍棋》经过多次排练，效果很不错。妈妈在排练过程中一扫前几日的焦躁和脸上的茫然状，很开心，看上去很正常。

南邻 2019.2.3.

策划
亦邻
总导演
小菀
主持，
小菀
唐家春晚
·2019·
亦邻 2019.2.18.
演员表
母后，香仔子
家婆，福娣
大姑娘：清雅
二姑娘：亦邻
二女婿：大只黄
三姑娘：小菀
小字辈：小雨
小字辈，点点
独唱：绒花 表演者，点点
啊—啊—
绒花—绒花
独唱：念亲恩 表演者：大只黄
诗朗诵 表演者：小雨
表演唱：手拿碟儿敲起来 表演者，香仔子 亦邻
表演唱：刘海砍樵 表演者：香仔子 小菀
广场舞：社员都是向阳花 领舞：小菀 表演者：香仔子，福娣，清雅，亦邻，小雨
公社是个常青藤
社员都是藤上的花
2

只是没有哪件事能让妈妈的热情维持得稍久一点，眼看着唱歌和表演也不能让妈妈提起兴致了。我问妈妈除了想当文艺兵，还有什么理想，妈妈回答："我还有一个理想就是想读书。"

　　我趁机用"和老二一起画一本书"来诱惑妈妈，并且开始满怀希望，期待着妈妈为了这个愿望能够活得有点盼头。

"你外公重男轻女，总讲妹子读那多书做么子。
我出来就是为了争气。"

"那你争到气没？"

"没有，我想读书，结果我自己有漂出来。"

"妈妈，如果我们两个一起画一本书出来，
你还会感到没争到气吗？"

"那不会。"

妈妈满脸笑容，充满希望。

妈妈立刻去画画，画了两笔便得本子一推，笔一扔："画完哒"。

没读到书确实是妈妈心中一个很大的遗憾，所以每次提到童年，妈妈就会流露出对外公的怨气。但怨气不是个好东西，虽然这怨气不妨碍她对外公的孝顺，也不妨碍她对外公的爱，但是会伤害她自己。

　　外公其实并不是重男轻女，后来几个舅舅读书他老人家都阻拦过，这点妈妈心里其实是明白的，只是小时候的心结真的很难解开。

　　有一年妈妈回乡下过年，妈妈的表嫂对她说："你不要怨你爹爹哒，你爹爹就算当年对你不好，现在都还到你细细（我的乳名）身上哒！"

　　外公特别疼我，我画了我和外公的故事给妈妈看，问妈妈，外公对我的宠爱是不是可以抵消她对外公的怨。妈妈点点头，微微笑意在脸上一掠而过。

"外公，我喉咙眼里想吃肉了！"
"原来不是你想吃肉，是喉咙眼想吃，
好我带你去买肉。"

2018.11.2. 亦邻

帮妈妈找回活着的乐趣

"妈妈，你害怕死亡吗？"

"我不怕，我不怕死。以后我要是有什么，你们不要那样子……搞那些东西，顺其自然。"

"那你的理想是活多少岁呀？爸爸是120岁，你呢？"

"我顺其自然。活八十岁就行哒。"

"啊？你的目标也太低了，最少也得九十吧？你定一个目标，我们努力帮你达到这个目标好不好？"

"……那就九十。"

"好，我们锁定九十，一起努力！"

"好。"

我没想到和妈妈讨论死亡这个话题可以进入得这么容易，不等我问，妈妈就一股脑说出来了。我原想以长寿来激励妈妈对待生活积极一点，我有点诧异的是妈妈对寿命的期望值如此之低，这是她的真实想法吗？老太太虽然有些懵懵懂懂，一番话说得条理还蛮清晰的。

　　我希望更多了解妈妈的真实内心，于是趁机和妈妈聊天。
　　"妈妈，你现在最害怕什么？"
　　"我现在好像冇得么子感到害怕的。"
　　"如果我们都不在了，你会害怕吗？"
　　"那是不可能的事咯。"
　　"如果你不能走路了，你会害怕吗？"
　　显然妈妈没有想过这个问题，她犹豫了一下，答："会。"
　　"如果眼睛看不见了，耳朵听不到了呢……"
　　"会害怕。"
　　"没关系，你有三个女儿呢！"
　　我拍拍妈妈的手让她放心。

什么事情可以让妈妈安心、愉悦并让她感到我们需要她呢？虽然妈妈答应每天画画，但是每次画画的时间都很短，大部分时候能画上五分钟左右就不错了。

　　我想起妈妈以前很爱编织，就想让她重拾这个爱好，让她有事情做，还可以活动手指，锻炼大脑。
　　"妈妈，你好像没什么东西可留给我们哈？"
　　"嗯。"
　　"那你给我们每人织一条围巾做传家宝好吗？"
　　"好。"

　　妈妈每天很用心编织围巾，这样一来我反倒担心她坐得太久，担心她的颈椎问题。以前妈妈的颈椎病很严重，每天痛得难以忍受，前两年突然不痛了，我担心她长时间低头织围巾会颈椎病复发，那就得不偿失了。妈妈织一会儿，我们就赶紧让她起来动一动。

妈妈对编织的兴趣大于画画，也难怪，她以前织毛衣出了名的好，加上我请求她织一条围巾留给我们当传家宝，她就更起劲了。

亦邻，叫妈妈起来动动！

妈妈，我们踮脚尖吧！

为了让妈妈多活动手指，我曾提议让妈妈织围巾给我们当作传家宝。春节后，妈妈突然不愿织了。

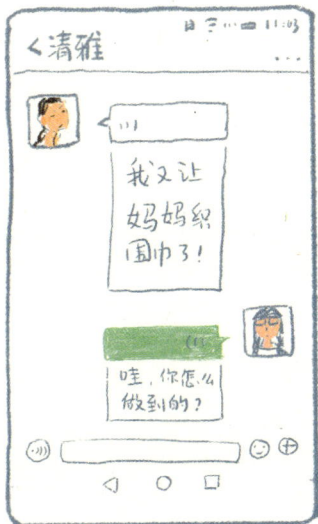

清雅

我又让
妈妈织
围巾了！

哇，你怎么
做到的？

2019年春节，妈妈来我家过年时，能持续编织时间很难超过五分钟，但为了让妈妈能多活动手指，姐姐还是想尽办法鼓励妈妈编织。

我仍然希望妈妈能够坚持画画，画我们家过去的故事。因为我相信绘画艺术加上回忆的力量能够带来奇迹，我还想再试试。

"妈妈，你年轻的时候很喜欢帮助别人。"

"是的。"

"现在让你帮助别人，你还愿意吗？"

"愿意！"

"如果你画画既可以帮自己又能帮到别人，你愿意画吗？"

"我愿意！"

"也许会有老年人受到你的影响也来画画了。"

"嗯。"

"那你就能给他们带去快乐了，你会开心吗？"

"会！"

"那我们每天坚持画一张画吧。"

"好！"

老太太眼眸一亮，回答得干脆又响亮，而且还有点小激动，有点宣誓的味道。

一些老年人会认为自己没用，会因此沮丧，如果能让他们通过帮助他人获得价值感，他们就能找回生活的乐趣。果然接下来两个月，妈妈状态都保持得挺好，每天都能够坚持画画。

　　相比过去，妈妈还是不愿意多动脑。我发现，妈妈不怎么根据记忆中的故事去创作，她更愿意临摹，只是她临摹的都是跟她的记忆有一定关系的画面，而且她临出来完全变成了另外一个样子，但是也很好看。

在妈妈不想画画的时候，我会让妈妈试试剪贴。妈妈以前喜欢剪纸，生病以后做不好太精细的活了，我便让妈妈将纸盒随意剪成大小不同、形状不同的小纸片，然后让妈妈再将小纸片随意组合成一幅画，妈妈用这些纸片贴出过动物、山水、人物。这是妈妈拼贴的一组可爱的小人儿。

妈妈，你看看妹妹把你的剪贴搞得好好看！

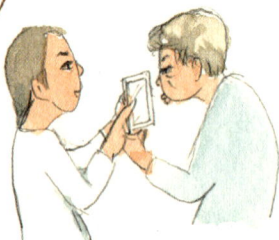

我将妈妈的剪贴画在电脑里重做了个里底，又将大部分画都组合在一张画面上，就像一张集体照。

你要求真是高！

嗯，还可以嘛！

还讲着话，妈妈就走到桌子旁，拿起剪刀又剪了一张。

依然是自信心满满的

我现在每天很
开心，我感到
很幸福

妈妈每天要求早晚
出去走走，回到家积
极读书，剪瓶贴，
今天做了两幅超艺
术的剪贴，她现在
也特别爱运动，就
是不画画，可能不
知画什么好。

妈妈不想画时，还会耍一些小花招偷懒。姐姐问我：你说妈妈糊涂吗？她可会想偷懒的办法了。我也心存狐疑，我觉得老太太目前的大脑实在太神奇了。你说她糊涂吧，有些事可一点都不糊涂；你说她不糊涂吧，可她又会干出正常人绝不会干的事来。她沉默，她双眼茫然，我们以为她什么也不知道，可是她真的不知道吗？

姐姐找出一张老
照片让妈妈照
着画，妈妈不
声不想响，将我
和姐姐两人剪
下来直接贴在
了她的速写本上.
话说我偷懒
都遗传自咱老大
大的。

2018.9.1.

一切都在变化，妈妈的变化尤其快。常常是几天前她还热衷的事，几天后就兴趣索然了。

妈妈对画画的兴趣再度消退了，无论我们怎么鼓励也无济于事，为了让妈妈画一张画，姐姐要使出浑身解数，妈妈才画上几笔。那些我绞尽脑汁想出来的理由，什么为了长寿，什么可以帮助别人，这些或可成为动力的理由，对妈妈都不再有用。

我对妈妈说："我们一起画过去的故事，给我们唐家的后代留下一些记忆，让小雨和点点还有以后他们的孩子都知道爷爷奶奶的故事，还可以一代一代传下去，你说好不好？"

妈妈说："好！"

可是所有的招数所起到的作用都非常短暂，我感到特别无力、烦躁。我小时候，爸爸妈妈面对我的成绩和反叛，估计也是这种感觉吧？

"妈妈，我看到你做事情都当成是一项被迫完成的任务，只管做，不管质量，完成了了事。"

"是的，就是完成任务。"（似乎带点情绪。）

"你在做这些事情时没有感受到乐趣吗？"

"没有。"

"那什么事情会让你感到有乐趣？"

"我也不晓得。"

面对老人身体机能的衰退、能力的丧失，作为儿女的我们该如何帮助他们？如何平衡自己的生活？又该如何走进他们的内心世界，了解他们真正的需求？我以前没有想过如此多的问题，或者有过，也是一闪而过。

"在工作上要积极进步，高要求高标准，在生活上不要有太高的要求。"我从小也是这样被教导的。那时候我非常纳闷，我们是为工作而活吗？难道工作不是为了更好地生活吗？

爸爸说工作是为了党和国家的需要。这是爸爸妈妈那一代人倡导的价值观，那退休是不是意味着不被需要了？难怪妈妈刚退休那会儿很不开心，说"好像在家等死一样"！那年她才 53 岁呢。绝大部分人退休后的生活都转向了家庭，帮儿女带孩子，可是当孙辈长大后，他们又一次面临着不被需要，他们在被需要中获得存在价值；一旦不被需要了，就会失去目标，他们一辈子似乎都是为他人而活。退休后的爸爸倒是目标明确，那就是："把身体搞好，活得更久一些，好去看看世界！"但妈妈对看世界并无多大兴趣，她只要跟着爸爸就好。可惜随着爸爸身体越来越糟，疼痛让他对看世界失去了兴趣。失去了爸爸这个精神依赖，妈妈的内心世界也荒芜了。

第五章

妈妈患了阿尔茨海默病

任性的老小孩儿

　　我因工作常来京郊体验民宿，每次在这里，吹山风，听虫鸣鸟叫，看野兔跑、松鼠跳、小鸟飞，吃山里最朴素的饭菜，住十足小资的房间，心里就很满足。每当此时，我就想，如果能一家人来就好了。这次终于实现这个愿望了。

　　我们姐妹仨加上妈妈以及来京过暑假的儿子点点，五个人订了一个院子，可是天公不作美，临出发前北京下起了暴雨，妹妹不敢开车，于是只好取消了这次集体行动，改成由我和点点去。一路上心里感到特别遗憾，我知道这样的机会以后几乎是不可能再有了。好在上天可怜我一片孝心，下午雨住了，于是我和妹妹商量让她第二天一早带着妈妈和姐姐过来。

　　第二天清早，妈妈起来就扒在阳台不停地看雨停了没，她表现得很急切想要来。她们来到时已经是午后一点多钟了。

我和点点在麻麻花
画画，山里的景色十分
怡人，妈妈她们因暴
雨临时取消了计划，
我心里觉着特别遗憾，
今天看着停雨了，便
让妹妹开车带妈妈
一起过来，我想以后
也许就难有这样的
机会了。不料北京
暴雨，但妹妹还
是壮着胆子带妈
妈和姐姐来
了。我想妈
妈会很开
心的。

赤鸽 2018.8.

一八六

妈妈急着要来，没待一会又急着要回。

我：“喜欢这里吗？”

妈妈：“喜欢！”

我：“好玩吗？”

妈妈：“好玩！”

我：“我们很辛苦开那么长时间的车来到这里，
　　别那么着急回去好吗？”

妈妈：“好！……我们回克喽！”

郭邻 2018. 8. 8

吃了午饭后，妈妈有些不安，想要休息，可是又怯怯地说要我们一起陪她睡，姐姐一个人陪还不行。我觉得特别不可思议，虽说老小老小，但毕竟不是个孩子。原本穷苦人家出生的孩子，在家还是老大，怎么就这么娇气了呢！

　　"都是被爸爸宠成这样的！"我心里的这个念头又冒出来了。

　　我耐着性子和姐姐妹妹一起陪着妈妈到门口溜达了一下，姐姐也忍不住对妈妈说："妈妈，你看你没来的时候一个劲地催着要来，下那么大暴雨，都带你来了，可是才来一会儿你就吵着回去，妹妹们有事情要做，你不能因为她们两个不能时时刻刻陪着你，就这样任性，我不是一直都陪在你身边的嘛，你这样怎么行呢？"我也接着说道："是呀，妈妈，我们小的时候你们有事，我们也是要自己学习独处的，以前妹妹跟脚你还老说她呢，怎么到老了，你就变成这样了呢？""老小老小噻！"妈妈接话接得倒很顺溜。

　　妈妈这种情况让我们一时觉得她问题很严重，一时又有些怀疑，有时候她回答问题可都在点上，有时候又觉得她好像并不知道我们在说什么，她的意识都在自己的诉求上，无论你跟她说什么，她都说好，可下一秒她仍然提出自己的诉求。

这些事妈妈也不记得了

这天我们和妈妈聊起了我家的几个经典故事。

一件是我小时候对爸爸的领导说"勇敢就是脸皮厚"。这是我小时候闹得最大的一个笑话，每次爸爸妈妈说起来就忍不住哈哈大笑。这应该是妈妈觉得我最可爱的一件事吧，可妈妈她对这事没印象了。另一件是我和姐姐撒谎被妈妈一眼识破。当年爸爸妈妈也常拿来取笑，妈妈笑完后总是说："宝样的，撒个谎都不会，找个郭样的理由！"这个故事妈妈也不记得了！还有一件是爸爸第一次见外婆的故事。这个故事，妈妈不知跟我们说过多少次，因为就是那一次后，爸爸向妈妈求婚了，每次说起来妈妈都甜甜蜜蜜的。这件事妈妈竟然也忘记了！妈妈就那么茫然地看着我说："不记得了。"当时我有些慌了。

我将这三个故事的片段画下来，一边给她看一边跟她说，她说自己又想起来了，但她茫然的脸让我无法判断她是不是真的想起来了。

上级领导来家里找爸爸，我在一旁盯着看了良久突然开口说「解放军叔叔真勇敢」，领导一听乐开了花，当即抱起我来，可我紧跟着说了一句「勇敢就是脸皮厚」，领导当即尴尬了。

戊戌春夏
木衲画

"解放军叔叔真勇敢……勇敢就是脸皮厚！"

这是我当年的名言，这句话被爸妈年年拿出来取笑我，可妈妈忘了。

我和姐姐自以为天衣无缝的谎言，
一下子就被拆穿了，我思考了很久，
也没找到原因，感觉大人太神了。

撒谎！

妈妈，我们家
的温度计被老
鼠咬断了。

是呀，我们
看到的。

爸爸送妈妈的回家，
计划连夜返队，结
果没走了，回到部
队已经是第二天，
妈妈怕被人误解，
爸爸便对妈妈
说："我们干脆结
婚算了，免得
别人讲闲话……"
妈妈的回答也
很奇葩，"结就
结呗！"，好像
在和谁赌气，
其实内心欢喜
得很。

二〇一八年十月十三日
赤铃画于束

一九二

我们决定带妈妈再看看医生，于是挂了北医三院神经内科的专家号，我们的本意是想了解妈妈脑萎缩的程度，谁知妈妈被确诊为中重度老年认知症，属于阿尔茨海默病（AD）和血管性痴呆混合型。

　　这两年来，我常常和一些中年人聊起阿尔茨海默病，大部分人不是认为老了都这样，就是很自信地认为自己不会得这个病，还有的人认为自己的父母绝对不会得这个病。就算被确诊为中重度阿尔茨海默病的妈妈，也坚信自己不会得这个病，对此我非常疑惑，不知这谜一般的自信从何而来。

我们挂的是北医三院神经内科肖大夫的专家号，确诊妈妈为中重度认知症，并且属于阿尔茨海默症和血管性混合型。

麻全 2018.8

给妈妈做神经心理学测评的是一个胖胖的护士，妈妈心里对她很不爽，从长相到身材，还有说话的样子，各种嫌弃。

一九五

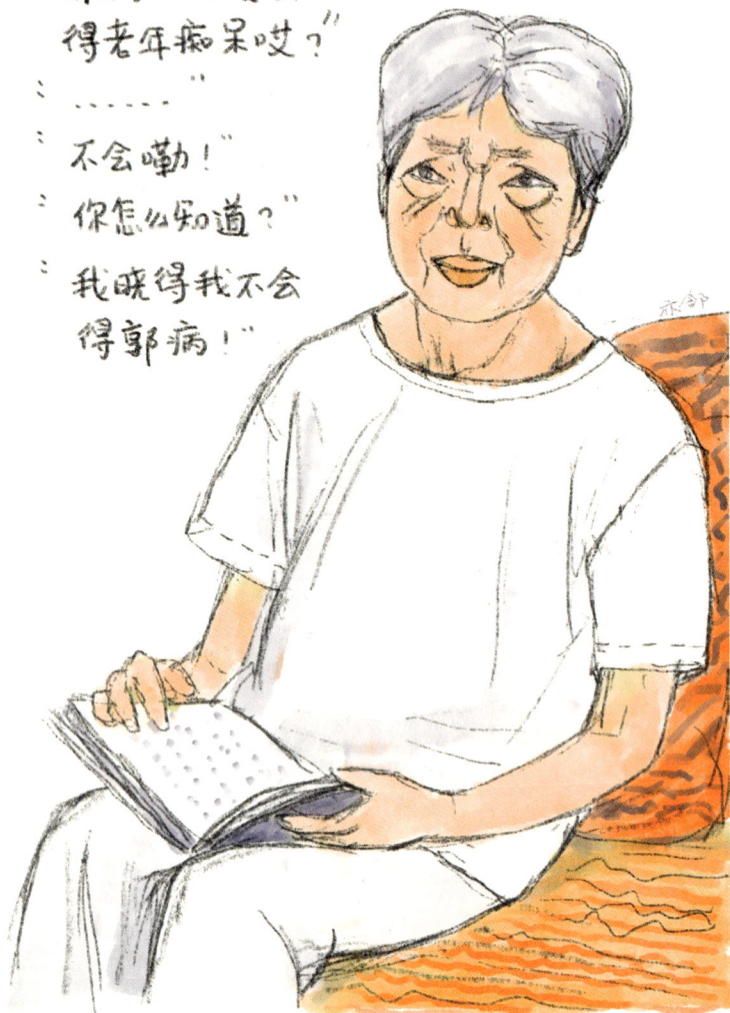

"你们以为我会
得老年痴呆哎？"
"……"
"不会嘞！"
"你怎么知道？"
"我晓得我不会
得郭病！"

除了失去记忆，还性情大变

妈妈现在对身边危险源不能做出判断，对自己能力不能正确地评估。她常常做一些很危险的举动，而且还很自信，让姐姐跟着担惊受怕，操碎了心。

对妈妈这些"不自量力"的行为，我们以前都当成一个好玩的事说笑，完全没有想过这原来都是病症。

现在姐姐就像对待孩子一样，采取讲道理加小惩罚的方法，希望妈妈以后不要做危险的事情。完全按照对待孩子的那套办法来对待妈妈，我心里多少有点别扭，感觉有点怪怪的，但似乎也没有更好的办法了。

我想把
上面也抹
一下.

亦邻 2018.9.3.

妈妈,
你在做
什么！

你不是答
应过我以
后不会爬
高了吗?

一九八

西邻 2018.9.4

天对地
雨对风…

姐姐做了多久瑜
伽，妈妈就读
了多长时间。

因为妈妈心疼孙子，姐姐罚妈妈今
天下午不许下棋，妈妈一开始很生气，拿
着那本《笠翁对韵·声律启蒙》气冲冲地
读，慢慢读着读着平和下来。

以后削
南瓜还
是等我来

呃～妈妈，
你好自信呀.

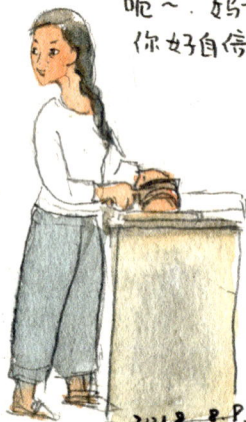

2018. 8. 9. 安邸

妈妈今天中午午睡时又爬上飘窗上去拉窗帘，结果不小心摔倒了，好在没大大关系，她说以后再也不爬了。

还有她好性急，洗澡不等水热就去洗，结果冷得直发抖……

（看来妈妈的病情不容乐观啊）

2018. 10. 7. 亦邻

妈妈的饭量一直不大，也不爱吃菜，有时候劝她吃饭比让她吃药都难。

因为妈妈有慢性粒细胞白血病，所以需要多吃点补充营养，姐姐每天对妈妈的饮食都非常注重荤素搭配，两餐之间各有一次小点心、小零食。每天妈妈都按量吃，不会多吃。就在姐姐还在为让妈妈能多吃一点东西绞尽脑汁时，妈妈突然变得食量大增，完全控制不住食量，并且还偷吃零食。

饮食习惯突然改变也是认知症的病症之一，这让我们姐妹都更加担忧了。

二〇三

2018. 10. 19. 亦邻于京

妈妈最近特别爱吃沙琪玛，而且毫无节制，有时刚吃完饭就去翻零食箱。姐姐去买个菜或去厨房忙别的事，一转身，妈妈就吃完两大块。

妈妈，你先吃点板栗吧！

姐姐每天都要变着花样给妈妈炖一碗汤。今天炖了板栗粟给妈妈当零食吃。

姐姐去忙其他事，转头一看，妈妈不声不响将整碗板栗全吃光了。

2018.10.8. 亦舒.

迫不及待 →

一向不太喜欢吃肉的妈妈
这段时间突然变了，食量也大了。

我查看资料，
饮食习惯突变
也是病症之一，
内心不禁有些
担忧，嘱姐密
切观察并控制
食量，姐姐说
就是不忍心。

挑
挑
挑

我要吃
大块肉。

赤舒 2018.12.11.

今天姐姐出门，没有一会工夫，发现妈妈在家又翻箱倒柜翻东西吃。临出门前，姐姐还特意给妈妈拿了些吃的：一包开心果十一袋海苔，可是妈妈吃完后又翻出两大袋红枣，洗都没洗，就吃了起来。整整两大袋，全部吃光了，姐姐又急又担心，一下没绷住，对妈妈发了火，之后又后悔。唉，姐姐，我想抱抱你！

亦鸰. 2018.12.16.

妈妈不仅改变了饮食习惯，日常行为也开始出现反常。

以前特别讲究的妈妈，现在开始用手抠鼻子，把脏东西随手抹在栏杆、桌布、椅子上；上厕所还没进去卫生间呢就把裤子脱下来……姐姐在实践中有了一套应对妈妈一些反常行为的办法。

家里只有我们三姐妹时，对于妈妈这样的行为，我们多半由着她老人家，但是当有外人或者有男孩时，我们会感到非常尴尬，会下意识弹跳起来跑过去制止她。

妈妈开始出现大小便失禁的情形。姐姐分析妈妈并不是控制不了大小便，而是太着急，经常还没有拉完她就着急起身，往往站起来时那边还在拉，所以姐姐总是不停对妈妈说："慢一点，不要急！"也有时是因为来不及，妈妈现在行动比较缓慢。

妈妈，你又抠鼻子，旁边就有纸巾啊！

你以前多讲究啊！

老小老小，

小时候你教我们，现在你听我们劝，行吗？

做个讲究的老太太。

没有。

你看嘞！

……

嗯——

"妈妈，你进到厕所再脱裤子哈，这样容易摔跤呢。""好！"妈妈一边答应一边脱……

2018.12.11 周二
早上 8:58

今天出门有事，临出门前妈妈拉
屁屁在裤子里了，幸亏我没走，可
以帮她弄干净，感谢主。

求主来继续关爱我们，并
在我们身边来陪伴！

妈妈这样比以前还是少了
许多麻烦。这次不知是不是
吃得太多，特别想吃肉。
看她那渴望的眼神，我也
不忍心。

幸亏你等到
我回来，要
是我不在家，
你怎么搞呀

妈妈最近睡眠
还可以，晚上10
点多睡到早上7
点。呼唾午觉。

姐姐办完事回到家，妈妈又拉了一次
在裤子上，姐姐一个劲儿感恩。
亦冬

二一四

妈妈最近弄脏身上的频次增多了，刚洗了，有时好烦啊，但取想她现在还知道要换，已经很好了。

姐姐，你现在自我调节能力太棒了，对妈妈也做得很好，如需要我就马上回去。

姐姐说我和妹妹每次回来，妈妈就会出现一些
状况，比如不睡觉，大便不正常。今天可好，将裤子、
地板都弄脏了也不说，我想看看，也被她拒绝。

妈妈，你是不是
拉屁屁了？

亦邻你没
闻到吗？

我在画画，
还真没闻到。

亦邻 2018.9.17

妈妈每天都想出去，刮风下雨天也不停嚷着要出去，姐姐身体弱，不能吹风，常在家被妈妈吵得心烦意乱。

但是这种情况并没有持续多久，她突然又走到了另一个极端，她变得不愿出门了。不知什么时候，她已经切换成了"宅模式"，怎么哄都无法让她下楼走走。我们姐仨又开始了新的担忧，姐姐也切换成了"哄妈妈下楼走走"的模式。我们无比怀念妈妈分分秒秒都要我们安排的那段日子。

妈妈就这样懵懵懂懂地跳跃在两极，偶尔消停几日多半是太累了，在中点暂作停歇。

现在没下了

妈妈说了好几次想去天鹅湖走走，以前
她常去那边散步。可是连日来都下雨，
所以一直没去成。这两天妈妈有些坐立不
安，来回在家里走，这会又扒在窗前看外
面是否下雨，完全是个孩子的状态。

成都 2018.8.17

二一八

连续下了几天雨，把妈妈闷坏了，今天终于天晴了，姐姐便带着妈妈去小区散步，还特意录了一段视频给我们看。

妈妈在家总是来回徘徊，即便每天出去散步，回到家依然来来回回地走。

好不容易趁着没下雨，姐姐把妈妈哄下楼走走，妹妹笑着说妈妈下绣楼了，妈妈听了笑嘻嘻地说："那是的。"

亦邻 2018. 7. 14

妈妈越来越不愿下楼，在家走动也不如以前那么频繁。
想起前段时间因为妈妈频繁走动请教胡老师，老师说，
动对身体好。时隔两月，现在竟为妈妈不动而忧心。

妈妈，外面好凉快，我们下楼去走走吧！

不克（去）

妈妈太瘦了，长期坐卧易生褥疮，
护士建议垫水袋，既减压又凉爽。

亦邻 2018.7.20.

从自动屏蔽模式到
无限循环模式

妈妈以前一点事就容易担心，比如我们说好几点回家，如果到点没回家她就会担心，担心我们路上遇到坏人或是出车祸；我们的身体出现小病小痛，她也会特别紧张，所以我被确诊为系统性红斑狼疮这件事一直瞒着她。

最近几年，我在她面前吃药她竟然问都没问。我感到有些奇怪，有一次我刻意跟她说起我的身体，她居然面无表情。以前特烦妈妈总是担心我们这担心我们那，现在妈妈完全不担心我了，我心里竟然觉得有些怪怪的，不舒服。

后来我发现，妈妈不只"屏蔽"我的信息，也"屏蔽"了包括姐姐、妹妹、爸爸、舅舅、姨等所有亲人的信息，邻居和路人就更不用说了，无论是谁在她面前说什么做什么，她都会进入自动屏蔽模式。

啊？要动手术啊？

姐姐告诉妈妈
妹妹住院了，
要做个小手术，
妈妈听后非常
紧张。

我急也
有用！

但随后她就很
淡定地她坐下来
该干吗干吗去了。
妈妈在情感方面
确定淡漠多了。

二二三

亲家母啊，你觉得这里好吗？

好

热情
似火 →

漠然而
不知所措 ←

亦邻. 2019. 元. 30

以前善解人意的妈妈病后失去了共情能力，变得越来越不会和人相处了。对孩子，我们可以有很多办法教他们与人相处，但对于孩子一般的老人，尤其是感情淡漠的老人，我们常常一筹莫展。

　　从有关认知症的资料得知，丧失共情能力，陷入深深的孤独，是阿尔茨海默病的一个明显的病症。随着记忆障碍越来越严重，语言能力、理解能力的逐渐丧失，患者对周围的一切会感到越来越陌生，越来越不能理解，就像生活在一个陌生的星球上一样孤独。虽然妈妈的记忆力相较这个阶段其他患者来说还算是很不错的，但她还是感到越来越孤独了。

　　也许是孤独让妈妈不安，不安让妈妈重复地做一些在我们看来毫无意义的动作，像是开启了无限循环模式，陷入了无限循环的怪圈。

妈妈的声音非常轻柔。

老三，你坐过来嘛，我感觉好孤独！

最近妈妈老爱洗手，刚洗
完又洗。

又有
得啦

每次都认真涂护手霜，护手
霜消耗得非常快。

·亦钜·
2018. 11. 20.

二二九

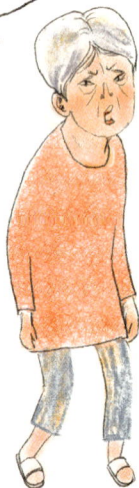

妈妈出院后，以
前的规律全部
打乱了……

妈妈中午不睡觉，姐姐听到我说最好顺着妈妈，
便尝试放松一点，只是说好不能打扰姐姐午休。
妈妈自己在床上躺了十几分钟，起来便拿出毛笔、本
子写字，写了一会就不写了，走到姐姐房门口看了
一下姐姐，姐姐装睡着了，妈妈便自己推着椅
子到阳台，拿出《笠翁对韵》读起来，只不过
仍然只是一小会，便又换其他了。

亦邻 2015. 7. 19

今天中午，妈妈不断重复这个动作，没有安静一刻。晚上也是折腾到十二点。躺下—起身—到厅里开电视—躺下，一直循环着这一系列的动作，直到我上床。

你不来睡啊？

妈妈，今天中午我有工作，你自己睡哈！

亦邻 2019.9.18

妈妈被确诊为中重度阿尔茨海默病后，我陆续看了许多有关认知症方面的书和资料，大约了解到这个病的病症除了记忆的退减外，还包括人格的改变，比如突然变得情感淡漠、无精打采、情绪沮丧、忧郁、自私、沉默、做事缺乏主动及失去动机，还有对任何事情都没有兴趣、说话含混不清、饮食习惯改变、丧失羞耻感、不讲个人卫生、判断力和警觉性日渐衰退……妈妈无一例外都中招。

　　我们居然天真地想要像教育孩子那样通过讲道理来改变妈妈这些病症的行为表现。一想到妈妈被疾病剥夺了体面，还一度不被我们所理解，我的心都揪成了一团。

第六章

生命的轮回，
从反哺开始

妈妈成了我们的大宝宝

爸爸妈妈退休后和姐姐一起生活，爸爸妈妈整个老年生活阶段，姐姐都参与其中，妈妈对姐姐的信任与依赖自然无人可以替代。

我和妹妹因为都在外地，又各自忙着工作，日常照顾妈妈的重任便由姐姐承担起来。可能出于这个原因，妈妈觉得我和妹妹多少有点靠不住。姐姐反复跟妈妈说："我们三姐妹只能这样分工，就像我们小时候那样，即便你那么爱我们，但为了养家糊口还是会把我们送去托儿所、幼儿园和乡下外婆家。现在我们只是分工不同，两个妹妹也都会尽力对你好的。"

每每遇到别人夸姐姐孝顺时，妈妈就会哽咽地说："是的，我搭伴我的大女嘞！"声音还带着颤抖。这时候的妈妈和正常人无异，是我们的温和、善解人意的妈妈。

更多时候，妈妈像一个离不开人的宝宝，姐姐就像对待宝宝那样照顾妈妈，用小时候妈妈逗我们开心的办法逗妈妈开心，我和妹妹也通过视频远程各种撒娇逗乐，让妈妈感受我们对她的爱。

姐姐：妈妈，你现在就是一个宝宝，大宝宝。

妈妈：嗯……

姐姐：这辈子没带过小宝宝，倒是让我带了个大宝宝。

妈妈，我来帮你擦下眼睛。

亦邻 2018.9月.14.

二三七

我们小时候都爱汤汁
拌饭。每当夏天吃茄
菜，爸爸总会说一句
『夏天的茄菜当藏鸡』
我们则爱它的颜色，
用它的汁可以将米饭染
成好看的紫红色，每
次妹妹不想吃饭，妈妈
就用它拌饭，妹妹一
准吃得一干二净。

西鄁画于二〇一九年 立秋

所谓"红汤饭"就是红苋菜的汤汁拌饭.

妈妈，我小时侯不吃饭你就给我泡红汤饭，是不？

红汤饭好吃！

嗯！

2019. 8. 4. 京馆

妈妈除了看电视时脸上会变得生动些，脸上会有笑意，其他时间基本上都是愁容满面。姐姐各种搞怪才博她老人家一笑。

亦邻. 2019. 4. 12.

以后得多喝水，每天要喝果汁。

好！

嗯～嗯～

妈妈，大便太干燥了，都在边边上了。

永健

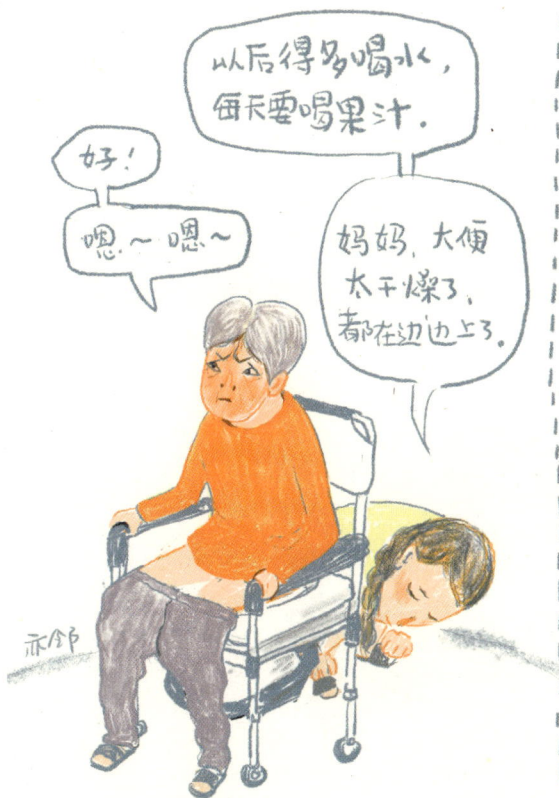

妈妈之前吃了颗甲马替尼，常腹泻，现在改吃2颗，这几天又有些便秘。平时妈妈不愿喝水，果汁也不爱，蔬菜更少吃。长此下去真不知该怎么办。姐姐说她自为答应得好好的，但就是不付诸行动。

6月29日

姐，把水果打成糊糊呢？

我就是打成糊的。今天倒是吃了两个桃子。

6月30日星期日

妹妹，今天我劝妈妈喝了一小杯果汁。

二四一

姐姐花式撒娇大法

晚上八点，妈妈就要去睡觉，姐姐妹妹想方设法
打岔都不行，最后姐姐只好使出了杀手锏。

"妈妈，我肚子不舒服！"
"妈妈，我腰痛！"
"妈妈，你是妈妈，你要关心我的身体……"

妈妈抱着姐姐，
脸上露出慈祥的
笑容。

苏邻 2020.2.6

姐姐：妈妈，你看你总是来回走，脚又肿了。你老是不听话，再这样就要惩罚你了。

姐姐用温和的方式和妈妈聊，最后
妈妈终于答应自己一人睡了。

亦邻 2020.2

做以前的游戏唱以前的歌

"妈妈，爸爸以前亲你，你怎么总是躲呀？"
"要不就是面无表情，还说：望哒就烦躁！"
"你害羞呀？"
"就迅的。"
"你真的望哒就烦躁呀？"
妈妈笑而不语，面露少女般娇羞，
妈妈的烦躁，爸爸懂！

妈妈在织毛线，眼睛一会看看我一会又转向正

在练瑜伽的姐姐……

"妈妈，我们玩翻绳子吧。"

"好。"

"你小时候玩过这游戏吗？"

"没有。"

"哇，妈妈好棒，一看就会呢！"

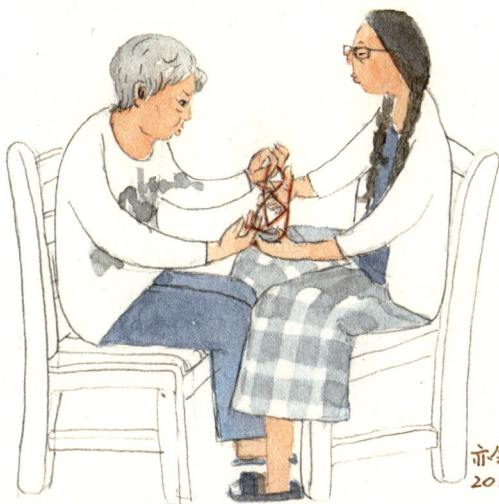

亦舒 画
2018.9.29

走走走，走到大门口，大门口转过弯到哒
眉毛山，眉毛山起哒火，赶快往茅草里躲。"

："哈哈哈哈……"

妈妈笑开了花。妈妈说匹记得这个儿歌.

……
赶快往茅
草里躲.

2018. 10. 2. 亦邻

这个游戏是我们三姐妹和妈妈的保留节目，因为这是我们家三代人都玩过的游戏。

磨子磨

锯子锯

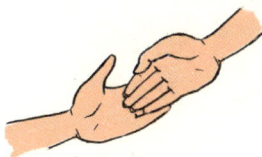

铲子铲

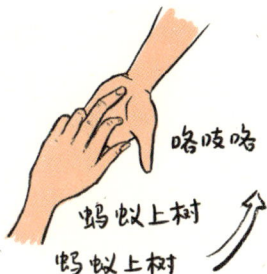

咯吱咯

蚂蚁上树

蚂蚁上树

磨子磨
锯子锯
铲子铲
蚂蚁子上树
蚂蚁子上树
咯咯咯

京城二〇一九年
八月一日

磨子磨
锯子锯
铲子铲
蚂蚁子上树
蚂蚁子上树
咯—叽—咯

妹妹回家了，和妈妈玩小时候的游戏。

赤脚 2018. 8. 2.

为了让老太太开心，也为了留住她残存的
记忆，我们一起唱起了属于她们的歌。

在病房妈妈有些烦躁，我们便向病友夸耀妈妈的才华，妈妈提出唱歌，并完整地唱了一遍《打靶归来》，姐姐说这是第一次。

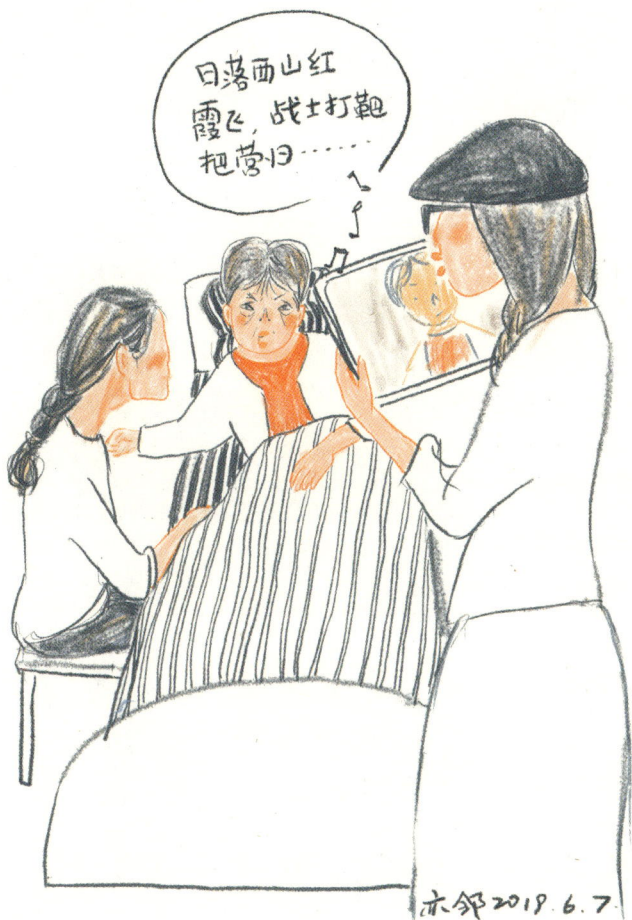

日落西山红霞飞，战士打靶把营归……

去年十二月给妈妈做了核磁，当时姐姐特别要求当地医院做海马体检查，结果出来后，当地医院的医生认为主要还是血管性痴呆，我不放心，这次回家将片子带到北京，让妹妹找肖医生看。

肖医生嘱咐：
① 增加多奈哌齐10mg
② 增加美金刚10~20mg
③ 去精神科查焦虑抑郁评测。

姐姐这两天都带着妈妈冒雨跑医院。

亦邻 2019.7.7

妹妹回家了，和姐姐一起带妈妈去医院查血，
姐姐和妈妈走在前面，妹妹在后面感慨：
"看着两个瘦瘦的背影，陪伴的意义就浓缩
在这紧紧相扣的手指与背影里了。坚定、温
暖、彼此依靠。"

·亦舒·
2019. 8. 7

我们一起做运动

妈妈认为姐姐最可靠，内心对我
和妹妹有些抵触，很可能怪我们
不能陪伴左右，现在基本排斥画画了。

妈妈，你
每天带我一
起踮脚
尖吧！

好！1、2、3……

· 示邻 · 2018.8.25.

姐姐带妈妈下楼练习助步器，妈妈走了一会，直接搬起助步器走，硬生生把散步变成了一个体力活

妈妈，你力气好大喔！

京邻 2019.5

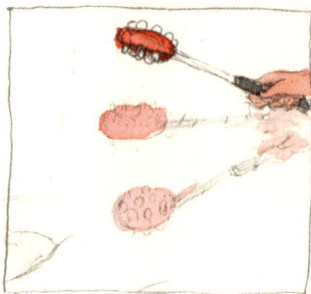

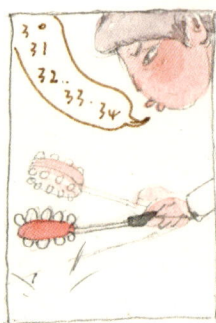

为了拖延时间，让妈妈少看电视，姐姐想尽了花招，操碎了心……

每天午休后妈妈写字，姐姐练瑜伽。妈妈现
在专注的时间越来越短，老要看电视，于是姐
姐就没事找事，让妈妈帮她练瑜伽。

亦邻 2019.9.14.

亦舒画 代代写画

太极舞

妈妈以前跳太极舞
跳得很好！现在在
我们的鼓励下又开
始跳。
　起来了，
　　虽然手不
　　稳，脚部
　　　好得不曾不
　　　好的。

姐姐带着妈妈一起做运动，多多锻炼，妈妈的肌肉力量。

亦邻 2020.2.7.

嘿！

妈妈的臂力还不错呢，只是做着做着就要心眼偷懒，并且越做越快。

亦行 2020.2.5

第七章

是妈妈，
也是浑不吝的孩子

看电视成瘾的老太太

现在回过头看，中年时期的生活方式对爸爸妈妈的老年生活影响还是蛮大的。看电影是爸爸妈妈共同喜欢的娱乐，妈妈生妹妹的头天晚上，我们一家人还去看了电影，看到一半，妈妈觉得肚子痛，可能要生了，催爸爸赶紧回家，妈妈没明说，爸爸也糊涂，想看完才回，结果是第二日凌晨妹妹出世了。整个分娩过程爸爸都在场，后来他常笑着说："好快的，一溜就出来了。"妈妈很介意这句话，觉得爸爸非但没有体会到她生产过程中的痛苦，还觉得很容易。这件事妈妈一直到现在都还记得非常清楚，2020年春节还跟姐姐和妹妹述说呢。

后来有了电视机后，爸爸妈妈看电影的兴趣慢慢转向了电视，自此一发不可收。对爸爸妈妈影响最大的是台湾的电视剧《星星知我心》，妈妈每次看的时候都要说："那个梁爷爷和梁奶奶好有味道，我好喜欢他们，好喜欢他们那样的生活！"我觉得那部剧让爸爸妈妈看到了与他们认知完全不一样的老年生活，也让他们找到了一个退休后老年生活的范本，后来他俩果然朝着这个目标，成为众人眼里令人艳羡的神仙眷侣。

爸爸妈妈骑双人自行车外出兜风的日子随着爸爸的腰腿机能的退化而逐渐减少，随之而来的是他们俩宅在家里看电视的时间越来越多，尤其是爸爸离世前的两年，爸爸几乎不出门了，两个人宅在家里，越来越沉默，默默地打牌，默默地看电视，默默地吃饭、睡觉……

　　爸爸去世后，有一次我和妈妈聊天。
　　"妈妈，我看到你那时和爸爸打牌都不说话。"
　　"是的。"
　　"我们不在旁边，爸爸有跟你说什么吗？"
　　"没有。"
　　"那你了解爸爸最后心里在想什么吗？"
　　妈妈摇摇头，轻轻地说："不晓得。"
　　"你们以前感情那么好，有说不完的话，后来为什么没话说了呢？"
　　妈妈看着我，摇头。
　　我心里一阵悲凉。
　　"你想爸爸吗？"
　　"想！"
　　我略感安慰。

我跟姐姐说起这事，姐姐告诉我，其实爸爸是很想跟妈妈说话的，和妈妈打牌的时候，他让妈妈出牌的时候叫出来："小二""三个大八""对了"　　可妈妈总是皱着眉头横爸爸一眼，说："每次都是郭两句现话（每次都是一样的话），讨嫌！"而每次爸爸找妈妈说话，妈妈都不耐烦，嫌爸爸啰唆。爸爸跟姐姐说，要想法子让妈妈多说话，像这样下去不行。看来爸爸也感觉到妈妈的不妥了。其实那个时候妈妈的表现，就已经是阿尔茨海默病的早期症状了。

　　爸爸走后，妈妈的娱乐生活只剩下看电视。而我们也希望妈妈能够通过看一些老片子帮助她调取久远的记忆，重温过去的岁月。有些往事妈妈就是在老电影的刺激下回忆起来的，这让我们备受鼓舞。

　　然而新的烦恼很快就来了，妈妈开始沉迷看电视。长期对着电视屏幕久坐，对任何人来说都不是个健康的生活方式，于是姐姐为妈妈制定了作息时间，并且执行得比较严格。

姐姐找出老电影《英雄儿女》，妈妈看得热泪盈眶，在播放到王芳唱歌那段，还跟着唱了起来（含着激动的热泪）。

你那时候哭着喊爸爸的样子跟王芳一模一样的！

画面中这一幕正是当年爸爸离开幼儿园姐姐追上来让爸爸联想到的这个画面。

这是爸爸的"处女泪"，是为姐姐流的。

当年姐姐入的是全托幼儿园。有一天天气突然转凉，爸爸去给姐姐送衣服。看见姐姐一个人坐在那，穿着一件别人的衣服，爸爸叫她她也不理，让他不晓得为啥眼泪一下子就流了下来。

时她却突然爆发，笑喊着"爸爸，爸爸"追了出来，这一喊，喊出了爸爸的男儿泪。爸爸生前每每说起此事，总会感慨一番，说那场景像极了电影《英雄儿女》中女主的爸爸被带走的情景，像是当爸爸离开

赤虹 二〇一八年八月三日

妈妈看完《英雄儿女》，想起姐姐小时候追爸爸车的场景。

二七二

为了唤起妈妈的记忆，最近姐姐在网上找了一些老电视电影给妈妈看，不料妈妈一看就上瘾了。

好！

妈妈，我们不能一直看电视啊！

妈妈，我们不是讲好少看电视吗？

我想看电视。

妈妈吃完饭就不安心了，不停来回走动，姐姐刚一转身，她老人家就打开了电视。

妈妈的作息表

上午
7:00-8:30	起床、洗漱、读书、量血压
9:00-11:00	写字、散步、手指游戏
11:00-12:00	看电视
12:00-12:30	午餐

下午
13:00-15:00	午睡
15:00-18:00	写字、写日记、散步、游戏
18:00-19:00	看电视

晚上
19:00-19:30	晚餐
20:00-22:30	看电视
22:30	睡觉

7:00

刷牙、洗脸、读书，读完书呷饭，呷完饭看电视。

妈妈，昨天早上吃的什么呀？

今天给你做面条好吗？

银丝卷。

要得！

我们早饭是8点钟开饭，你把《笠翁对韵》读完就刚刚好。

那我现在克读书咯。

天对地，雨对风。
大陆对长空。
山花对海树，
……

好，不读哒！

二七五

7:18

还要等好久呷饭咯？呷完饭就写字，写完字你就给我开电视哦！

冷静！妈妈这是病症！妈妈也没办法自控！千万不能发脾气！

妈妈又要赖了吧？你读累了就踮踮脚尖，看看窗外远处的树，然后再读一读……

妈妈现在变成懒妈妈、爱耍赖妈妈，嗯，还有什么……啊，该量血压了！

量完血压再读哈子书，然后就呷饭，呷完饭写字，写完三本字就给我开电视哦！

还要到外面走走，不能老在家里待着。

7:25

奇对偶，只对双。大海对长江，金盘对玉盏，宝烛对银……

7:28

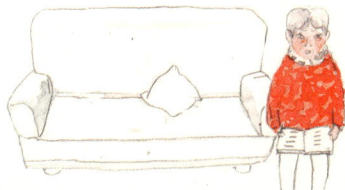

7:30

7:39

7:42

妈妈海不及待走到洗手间，象征性洗了一下手……

7:55

8:00

正式开动

最初妈妈大部分时间都能够按照作息表安排，每天读书、画画、写字的时间大约有 4 个小时左右。只是妈妈每次在写字、画画时嘴里喜欢念念叨叨，有时候妈妈会很不安心，常常读两句就要看电视，写几个字又要看电视，但是只要不断告诉她她的任务还没有完成，她就会很乖地去读书或者写字。这种情况反反复复，我们始终没有找到其中的规律来，并且妈妈不安心的情况越来越密集了。

　　有时候妈妈表现得像个乖孩子般，特别让人心疼。小时候我们会趁家长不在家的时候偷偷看电视，现在妈妈也会趁姐姐不在偷偷看电视。以前是妈妈监督我们看电视，现在反过来了。

妈妈，我
去了弟弟
你不要看
太长时间
电视啊！

我睡到
3点才看
电视。

家里安了监控以便
在姐姐出门时可以
看到妈妈的情况。

嗯...呃～
两点
钟就
起来
看！

妈妈，你
很早就起
床看电视了
吧？

没有，我三
点钟才起的。

2018.11.26. 永邻.

妈妈越来越着迷看电视，为了分散妈妈的注意力，姐姐的花招层出不穷，今天姐姐又买来豆子让妈妈剥、妈妈很愿意做这件事，她现在喜欢重复性，不用太动脑筋的工作，这也是让我们担忧的事。

冇得信号。

无信号

啊，那你先写写字好吗？

姐姐趁妈妈不注意，偷偷拔掉了网线，待妈妈写完字再偷偷接上。

2019. 6.18 亦锦

妈妈最近看电视只愿意看《新白娘子传奇》,已经看了好多遍了,还要看。姐姐带妈妈去做了头部CT,检查海马体(8月份在北京时没有查,专家建议下次一起查,刚好到时间了),已确定妈妈失智症主要原因是血管堵塞,这次又查出好多细小的血管堵塞,难怪明显感觉到这段时间妈妈症状严重了。医生说妈妈已经很好了,以后会越来越只愿意做简单的事情。

我还要看白娘子.

妈妈看电视的口味一直让人捉摸不透，她素来喜欢看言情片、家庭剧，不知道从什么时候开始，老太太迷恋上枪战片，以至于我每次和姐姐通话，背景声都是激烈的枪炮声、厮杀声。

有一天，枪炮声变成了"嘿嘿嘿，嘿嘿嘿，西湖美景，三月天嘞……"，老太太爱上了《新白娘子传奇》，并且不停重复看。家里原本就不大，老年人因为听力问题，看电视的音量都特大，左邻右舍也被迫跟着听白娘子，而我和姐姐那段时间更是莫名其妙一张嘴便唱出"西湖美景，三月天嘞"。尤其是姐姐，被剧里的"嘿嘿嘿，嘿嘿嘿……"搞得近乎神经衰弱。

妈妈终于不看白娘子了，姐姐松了一口气，给妈妈选了一个讲毛主席的老片子，妈妈一边看偶尔还主动说说里面的情节，发表一下见解。

他演毛主席演不像！

敬礼都不是那样敬的。

应该是那样。

妈妈越来越瘦了……

2019年春节，姐姐带妈妈来我家过年。来之前姐姐就和妈妈说好了，到我这就不能看电视了。妈妈答应得很好，我们希望妈妈能改掉整日看电视的毛病，没想到还是不行。事实上我们发现环境的改变让妈妈变得十分不安，我们犹豫是否应该放弃，最后我们打算再观察一下。

给我开电视咯

妈妈烦躁不安地在房间来回走动。

姐姐前脚出门，妈妈后脚就去开电视，我去劝阻，她老人家看了我一眼，一言不发地把电视打开，完全无视我的存在。

妈妈，现在还没到看电视的时间呢。

妈妈每天长时间看电视，眼睛终于顶不住了，居然流出来的是血泪，吓坏我们了，我们决定要限制妈妈看电视的时间。

今天原以为可以出院，没想到血液报告出来，炎症还没完全消，有点缺钾，所以还需要再住两天。

二八九

妈妈又迷上《新白娘子传奇》了，姐姐笑着问
妈妈："你现在除了看白娘子还有喜欢别的
什么吗？"妈妈认真想了一下——

我活着就是
为了看白娘子。

我现在就是要
天天看白娘子。

看了《新白娘子传奇》妈妈心情非常好，洗了手坐在桌前等开饭，姐姐见了问："妈妈，你看上去很开心噢！"妈妈做了个可爱的表情，把姐姐逗乐了。看到妈妈双眼通红，又为她担忧得不得了。

开心！

有一天姐姐在群里兴高采烈地说，终于说动妈妈接受《还珠格格》了，总算又能暂时性和白娘了说再见了，姐姐那段时间心情好了很多，毕竟小燕子要欢乐得多。

妈妈看了电视还可以和我们聊一会儿剧情，我有时候觉得姐姐对妈妈的要求是不是太严格了。妈妈看电视的时候心情特别好，反应也很快，完全不像一个认知症患者。有时候真的很想就让她这么看下去。

姐姐内心也很纠结，但是每次放松一点，妈妈就变本加厉。而长期看电视，姐姐又担心妈妈的腿部肌肉因为长期不运动而退化，另外妈妈的双眼长期眼泪汪汪，常常肿得严重。都说对于认知症患者平时尽量顺着，这真是一个两难的问题呀。

小燕子让妈妈的神情变得好生动啊！ 看着妈妈，"她的糊涂是装出来的吗？医生是不是误诊"这个疑问又浮现在我脑海里。

"那妹妹像紫薇还是像小燕子？"
"紫薇。"
"姐姐呢？"
"也有点像。"
"我呢？像紫薇吗？"
"你啊……像小燕子咯！"

……我这是在干吗，这么不遗余力地证明我是一个不招妈妈待见的人么？˙˘˙

姐，我有个想法，但说出来有些不忍……

说来听听。

我们可以大概预估一下妈妈的寿命……

这个怎么估呀？

假定吧，3年？5年？10年？

如果3年，那我们就依着妈妈，

她想看电视就让她看。

如果有10年，那就得严格按照作息时间了。

但是如果只有5年呢？

……

那……就折中？

用奖励制，如果表现好就奖励多看半小时。

你觉得怎样？

那就试试吧。

有事你一定要跟我们说哈，我们一起来面对，必要时我会放下一切马上回去。

二九八

唉……姐，

……

我想想看……或者
……

我再查查
……资料

你先别着急，我再
咨询一下……

老小孩儿的尴尬社交

姐姐带妈妈到小区散步，遇到和妈妈年龄相仿的邻居，姐姐会鼓励妈妈和他们聊两句。虽然妈妈说话的时候不多，但会安静地听对方讲，偶尔会回应一两个简单的字。

妈妈结交朋友的方式有点直愣愣的。

妈妈今天新认识的朋友。

妈妈和新朋友约好以后一起做保健操，虽然妈妈不主动说话，但一直会回应以微笑。

亦邻

2018.11.5

姐姐带妈妈在楼下散步，
今天的阳光很好，晒晒太
阳很舒服。
　遇见住对面楼一老太太，讲
起小时候的故事，她父母都
是地下党，被国民党枪毙了，
当年她只有三四岁，妈妈一
旁听着，偶尔捏个句。

我八十二哒——！

你好大年纪？

看不出来呢——！

亦舒
2018. 11. 14.

姐姐计划今天带妈妈下楼散步时让妈妈自己和那天认识的烈士遗孤老大太单独聊聊，遗憾的是她今天没来，认识了一新的老大太，可语言不通。

我八十哒！

妈妈和这位烈士遗孀很投缘，每次在小区散步遇见，两人相互问候完毕，便拉着手，你看着我我看着你。

你还好吧？

我还好！

我还好

你还好吧？

2018 年 12 月初，妈妈因心脏不舒服入院治疗，出院后我们陪着她来到乡下小舅舅家吃饭。妈妈人生中前 16 年都是在这里度过的，目前这里是妈妈唯一心心念念的地方。那天小姨和大舅妈都来了，在和亲人一起享受了一次温暖的阳光午餐的同时，我也感到了些许的难堪和尴尬。

很久没有来龙头铺了，这里是妈妈的家乡，也是我小时候生活的地方，虽然没有了旧时的痕迹，但依然亲切。我想妈妈也是这个原因才喜欢这吧。

亦邻. 2019. 12. 13

今天我们到舅舅家吃阳光餐，这是目前妈妈唯一心心念念的地方。菜没上桌，妈妈就迫不及待要坐到桌子边等，拉都拉不住，这多少有些让我感到难堪……

我还要呷腊鱼！

好，碗里还有哈。

任性的住院经历

2019 年妈妈住了两次院。

2019 年 6 月份，妈妈因咳嗽引起了肺部感染需要住院，妈妈的"慢粒"病主治医生担心她住呼吸科容易被传染，引起慢粒的恶化，便让妈妈住在了肿瘤科。

这次住院发生了一件令人略尴尬的事。妈妈以前老嫌弃爸爸习惯性张开嘴的毛病，可最近两年，她老人家也常常不自觉张开嘴巴。有一次我看到妈妈正非常专注地在看着电视，意识到自己张开嘴了，突然用力地把嘴巴闭紧起来。我觉得有趣，便示意姐姐看，姐姐说她常提醒妈妈要注意形象，妈妈对这方面还是很知道注意的。妈妈看到邻床阿姨张着嘴巴睡觉，当着人家面和我谈论起这个话题，让我觉得有点窘迫，但其实我心里还是暗暗高兴的，这说明妈妈还是挺在意形象的。

在医院头两天，妈妈还比较安心，配合度也高，可后面几天就慢慢开始不安了，整天吵着看电视，要么就吵着出院。有一天半夜，我因为太累了，打了个盹，妈妈就自己跑了出去。找回妈妈后，我睡意全无，又自责又担忧。

妈妈现在越来越自我了，喜欢什么，厌恶什么，完全不加掩饰，真正做到了表里如一……

我想说，娘亲啊，你这一问，我要费好些口舌来向病友的家属解释喔！

有时候也会。

我睡觉是不是也像她那样张开嘴巴？

睡觉不都这样吗？

我家我和我爸睡觉会张开嘴，主要牙没长好，牙长得健康，就不会这样。

2018.6.

6:00

妈妈以前是最顾及别人感受的人，现在完全不理会别人，清晨睁开双眼就要看电视，还好，跟她好好说还会听，只不过隔十几分钟又会重述要求。

开电视啰！

2019.6.8.亦邻

半夜，突然被护士一声惊呼吓醒，"这是谁家老太太，跑出病房找不着回去的路了！"我一看妈妈不见了，吓出一身冷汗。

亦邻 2019.6.8

妈妈说什么也不肯住在医院了，吵闹着非要回家，我们只好带妈妈回了家。回到家的当天晚上，我和姐姐陪着妈妈在阳台看夜空，妈妈指着月亮一字一顿说的几个句子，连在一起完全就是一首既浪漫又现实又美好的诗，这让我完全无法将眼前这个老太太与"阿尔茨海默病"联系起来。

　　妈妈的表现正常得让我怀疑是不是误诊了。
　　然而，紧接着妈妈就用她的行动打破了我的幻想。

示邻 2017. 6. 13.

三个人站在自家阳台，妈妈说："看，月亮出来大半个了，那边天上还有星星在闪。如果到外面去看，可以看到满天的星星，你看对面的房子一层一层，每一层都有光……这些在医院都没法看到。"

昨晚9点多，妈妈起来在外面看了半小时电视，
又躺回床睡觉，一觉睡到今晨3点多就来回起床，倒是
始终没离开自己的房间。姐姐在对面房间暗中观察着，不敢睡。

苏敏 2018.6.26

2019 年 12 月，妈妈第二次住院。

12 月 5 日晚上 7 点妈妈就睡了，睡到 10 点半左右起来对姐姐说要去住院，说是心慌，姐姐见妈妈的腿是肿的，第二天便带妈妈去医院办了住院手续，住在心内科，主治医师是妈妈最信任的周医生。

妈妈对姐姐说："我怕像你爸爸那样，我想去住院。"妈妈说这话时非常清醒。

可是入院第一天，妈妈就向姐姐细数了在家里的各种好：有瓜子嗑，有开心果吃，有小时工陪她打牌……一句话：要出院回家。说没有哪里不舒服了。

一脸疲倦的姐姐

姐姐，妈妈情况怎样？

妈妈住院了，因为心脏不舒服。她主动提出要住院。
我赶到医院时，妈妈正在看电视，见到我时和我对望一眼，
随即便又将头转向电视，脸上出现的一丝欢喜迅转瞬即逝。

赤邻 2019.12.8日

三一七

妈妈这次住院，我在医院陪护，体会了姐姐日常的艰辛，妈妈白天黑夜折腾，简直没有一刻消停，半夜三更要吃的。阿尔茨海默病可怕的地方，是它不仅可以夺走人的记忆，剥离人的情感，它还可以可以夺走一个人通过好几十年不断学习建立起来的修养、自尊甚至羞耻心。

你克给我买饭嘞！

我要呷面，肚子饿哒！

快拿点东西给我呷嘞！

我的肚子饿得咕咕叫哒！

妈妈，现在才5点钟。

天都没亮呢！

外面饭店都没开门！

姐姐说你现在肠胃不好，不能吃零食了。

等天亮姐姐就送早餐过来了。

昨晚前半夜不停起来上厕所，后半夜不停要吃的，没睡多久，睁开眼睛又叫要吃的。

亦邻 2019.12.9.

三一九

33床是糖尿病，一晚要测好几次血糖，总说血糖不够要多吃东西，刺激到妈妈一个劲吵着要吃的。

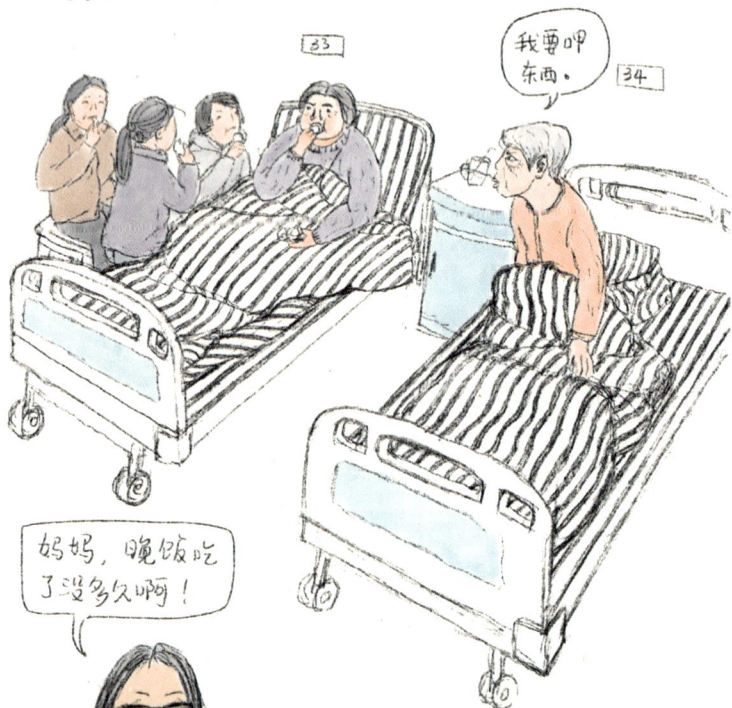

33

我要吃东西。 34

妈妈，晚饭吃了没多久啊！

娘亲啊，你要饿死我吗？您可记得我们小时候您是怎么教我们的——见到别人吃东西赶紧起身走，不能盯着看，尤其不能伸手要！

承铭 2018. 12. 9

晚上折腾一晚，白天妈妈还是各种花招，我们稍不注意她就把针水调到最快，怎么看也不像一个AD患者，人的大脑真是有太匪夷所思了。

亦邻你看妈妈……

哈！居然趁我们不注意调快针水！

亦邻 2019. 12. 9.

那位阿姨在说"我不会跟她打"时，带着明显的嘲笑和瞧不起，这让我很难过，甚至有些愤怒，我努力克制着，让自己不去理会她。但每每想起，都如鲠在喉，我想这又是"连带病耻感"在作祟吧。

　　这次住院前后与六月份那次有着惊人相似的一幕，出院第一天回到家里，饭前祷告时妈妈还专门为我祷告了，"求主关爱老二身体健康"。吃饭的时候，我逗妈妈开心，问她我们姐妹仨谁最不孝顺，妈妈不回答，脸上出现的那种鬼笑鬼笑的表情，看上去如此正常。其实妈妈心里一直非常明确，姐姐是她最信赖的依靠，而我，从小就给她老人家一种靠不住的感觉，直到现在都没改变过……

三二五

以前妈妈都不送我，这次居然爽快答应，差一点让我老泪纵横。

我鼻子一酸，眼泪差点流了下来。

麻郜 2019. 12. 13.

这一次我离开，妈妈竟然一口答应送我到楼下，这在爸爸去世以后，还是头一回。

每次在嘱咐妈妈要听姐姐的话时，我的心情特别复杂，无法用言语表达的一种令我不那么舒服的感觉。

但是妈妈特别乖地答应，还祝愿我一路顺风，平安到家。妈妈样子多正常呀，这让我一瞬间有些迷惑，妈妈似乎变回了以前的妈妈。

等吃、要吃、偷吃、生吃

　　妈妈出院后，姐姐再也不用想方设法哄妈妈吃东西了，因为妈妈现在吃东西就像一个不知道饥饱的孩子，怎么吃都没够。妈妈现在对食物的热情之高，超出了我们对她老人家的认知范围。只要是吃的，完全不挑剔，来者不拒，欲求无度，似乎每天每时每刻都在等着吃。

我要怡东西。

可是今天已经起量了，吃多了又会拉肚子呢。

以前照顾爸爸，越到后面我会越心疼爸爸。可是我现在怎么越来越不疼妈妈了？

8:00点钟开始吃早餐，
9:30 妈妈就围好围兜
坐在餐桌前等午饭……
现在她对电视的热情
已经被吃替代了。
看着妈妈这张毫无生气的
脸和空洞的眼神，心里
说不出什么滋味……

赤焰 2018.12.15

爸爸越到后面我会越心疼他，但为什么现在看到妈妈会产生厌恶感呢：

我一点也不心疼她。

我饿了。

她这样不知道要拖多久……

我饿了。

干脆不给她弄营养的东西，让她顺其自然……

我饿了.

可每天做饭时都不由自主想务种搭配，一周不同样.

早餐

羊奶　面包片　紫薯燕青饮　鹌鹑蛋

上午点心

核桃仁、开心果

午餐　豆腐蒸鱼

蒸南瓜

排骨汤

莴苣叶　白米饭

下午点心

小蛋糕、瓜子

晚餐

苦瓜鸡胸肉香菇汤

范菜

青豆蒸瘦肉　白米饭

妈妈偷吃了冰箱里的生南瓜，这是她第一次吃非正常类食物。姐姐问她拿剪刀做啥，她说南瓜太大块了，剪小来吃……在网上买的冰箱锁还没到货，真心焦！

姐姐一回来就发现了妈妈偷吃的蛛丝马迹.

妈妈中午匹
腹泻.几次。

妹妹们，我感觉妈妈情况
更差了，我下午出来，又看见她
把冰箱里一碗生的蘑菇吃
掉了，整整一碗……

姐姐下楼扔垃圾，遇到以前的同事，便聊了几句……

啊，我得马上回去！

边聊边忍
不住看监控

保鲜层上了锁

生的馄饨
↓

这几日妈妈吃冰箱里的剩菜，吃生南瓜、生蘑菇；姐姐的负面情绪也在不断升级，到今天发展到吃生馄饨，姐姐突然平静了下来。

第二天早上，姐姐在群里对我们说："我可能到现在才真正接受了妈妈真是病了。"

妈妈是真的生病了……

亦邻 2019·11·21

仿佛穿上魔法红舞鞋的小女孩

妈妈的"无限循环"模式一旦开启,她就停不下来。不管是白天黑夜,躺下起来躺下起来……踢踏踢踏……踢踏踢踏……妈妈就像童话故事里穿上魔法红舞鞋的小女孩,累到极点却无法停下脚步。

妈妈的"无限循环"模式是阶段性的,姐姐的情绪也是来回反复的,她在每一次的反复中不断突破自己忍耐的极限。虽然有时候仍然免不了还有情绪的爆发,但姐姐在一次次突破中变得越来越平和。

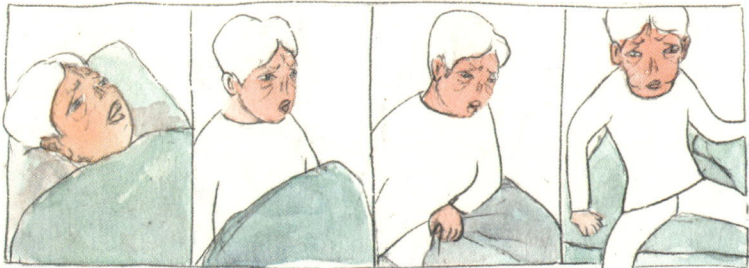

TiTa - TiTa - TiTa - TiTa - TiTa - TiTa

TiTa - TiTa - TiTa - TiTa - TiTa - TiTa

TiTa - TiTa - TiTa - TiTa - TiTa - TiTa

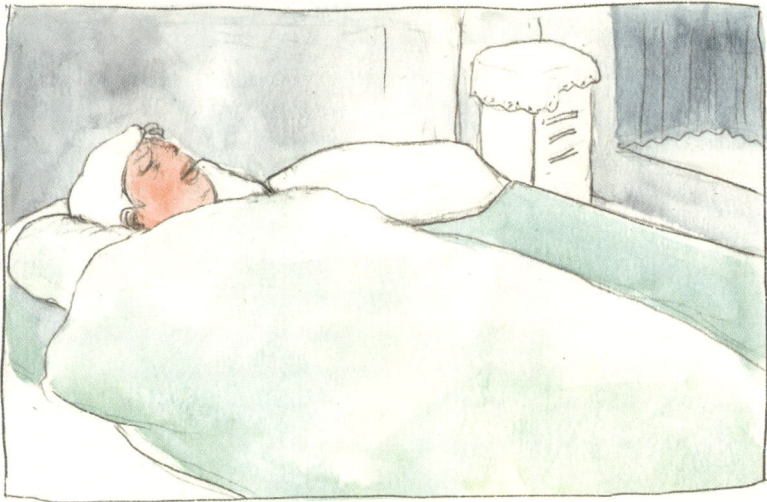

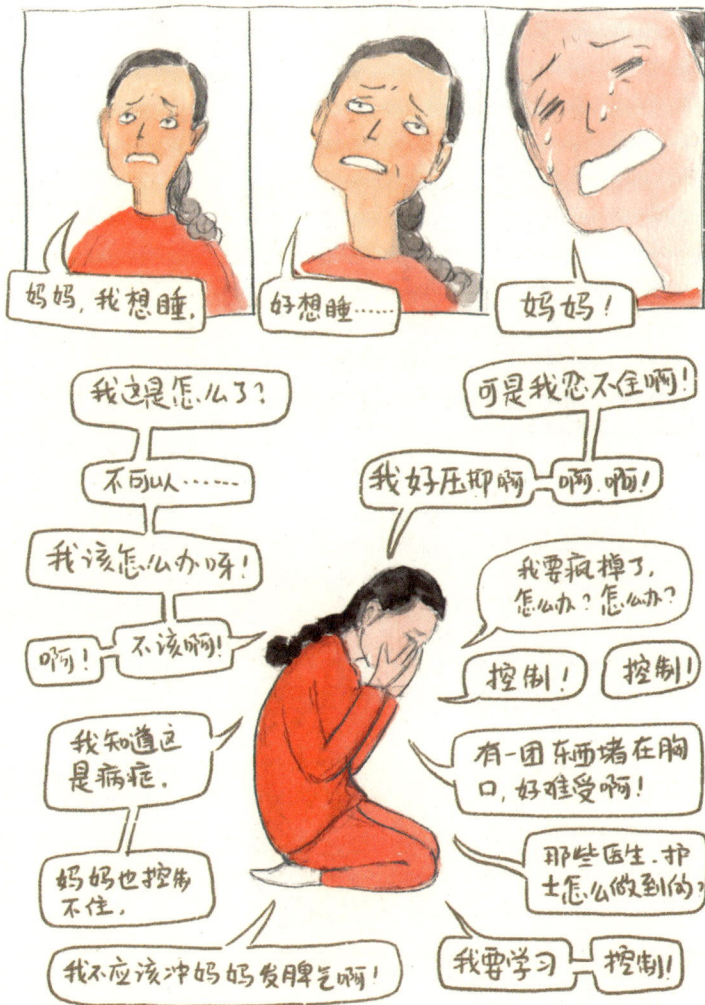

我该怎么办?

妈妈，我想睡。

好想睡……

妈妈！

我这是怎么了？

可是我忍不住啊！

不可以……

我好压抑啊——啊!啊！

我该怎么办呀！

我要疯掉了，怎么办？怎么办？

啊！　不该啊！

控制！　控制！

我知道这是病症。

有一团东西堵在胸口，好难受啊！

妈妈也控制不住。

那些医生、护士怎么做到的？

我不应该冲妈妈发脾气啊！

我要学习——控制！

第二天……

妈妈，我去医院帮你拿药。

来抱哈子咯！

出门前拥抱，是姐姐和妈妈之间的约定，但每次都要姐姐提示、但这一次没有。

好，你在家里乖一点啊！

好！

我拿了药很快就回来。

11月26日晚上，妈妈再次开启无限循环模式，老太太像个永动机，半夜十二点还停不下来，姐姐被折腾得筋疲力尽，只好由着妈妈，没想到，妈妈摔倒了。

第二天一早去医院，医生一看，伤口很深，打了破伤风抗毒素，被要求留医观察一周。医生说，好在姐姐处理伤口比较及时。虽然说要留医，但姐姐每天晚上还是带妈妈回家睡。

27日晚上大家睡了一个安稳觉，28日晚上妈妈又开启了无限循环模式。姐姐整晚不敢睡，第二天晚上只好请护工陪护妈妈。这个护工是一个力气大、嗓门也大的人。妈妈倒也奇怪，姐姐没在身边她反而很安静，按时睡觉，并暂时按下了"无限循环"按钮。

妈妈是因为害怕护工，所以才表现得这么顺从吗？当我得知这件事后心里特别难过，很想回去。这个时候我家婆也住院了，说脑袋里面长了两个瘤子，可能需要手术，我们随时要准备回去，所以只好原地待命。中年可不就是接受上天任性捶打的阶段嘛！

12月1日，妈妈吵着出院，拼命向姐姐保证，回家一定听话，姐姐看病房里人多，让妈妈不安，于是就带妈妈回家了。回到家，妈妈拉着姐姐说要教姐姐打牌，晚上10点多，妈妈重启"无限循环"模式，半夜12点还爬起来说要写字，一直折腾到凌晨3点多钟，一时说要看书，一时要写字，一时又是要看电视……姐姐要崩溃了，妈妈是把晚上当白天了。姐姐好多天都没睡过一个好觉，感觉每天都在云端。雪上加霜的是钟点工也不愿意做了。

妈妈像童话里那个穿上魔法红舞鞋的小女孩，累到极点却无法停下脚步。

今天是妈妈生日，晚上我们视频通话，约八点四十分开始，妈妈便开启了无限循环模式。

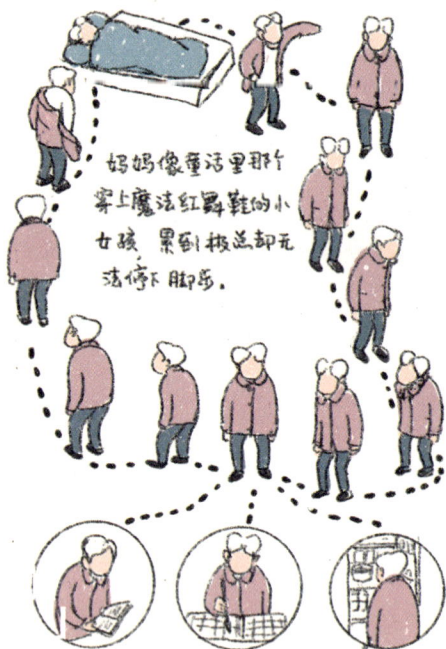

妈妈还在循环，已经是半夜12点了，这会她竟然说要去练字。姐姐也很疲倦，只得由着她。姐姐去上洗手间时，妈妈摔了一跤，把头磕破了、腿也摔伤了。

2019.11.21 晓翰.

妈妈需要留院观察一周，姐姐请了以前照顾过爸爸的护工照顾妈妈，因为刚走动碰到了伤口，今晚就由护工陪着在医院了。护工说妈妈很好，打完针她推着妈妈在医院散步，妈妈还很配合。这样姐姐便可在家好好休息一晚了。

我想回去替换一下姐姐，但姐姐说再观察两天，让我先别回去，我便处于待命状态，随时准备回家。

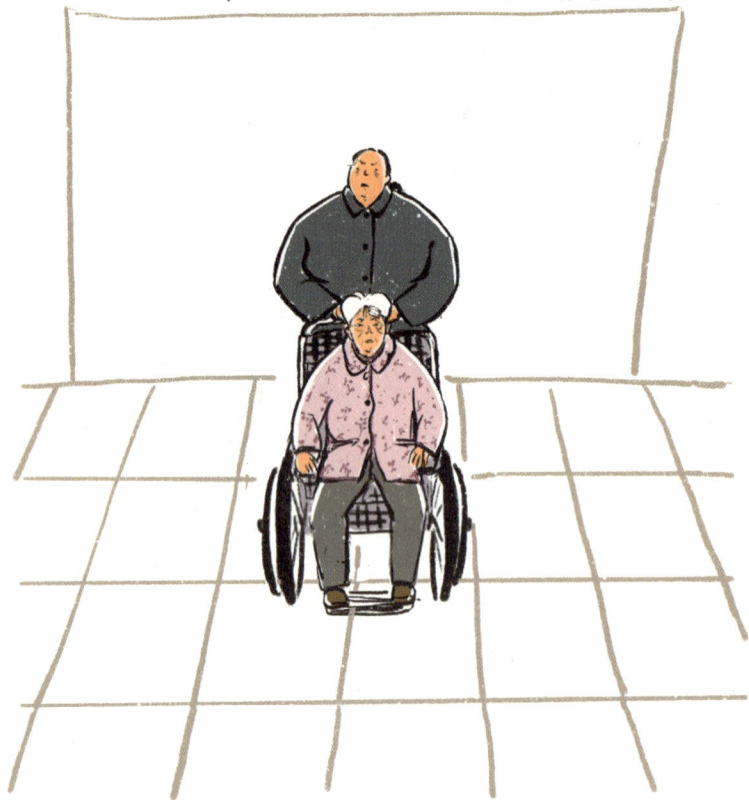

姐姐发现护工竟然自作主张给妈妈加药，并且并没按时给妈妈吃药。

你别那么大声对我妈妈说话！

妈妈每天吵着回家，姐姐只好带妈妈回家了，每天去小区医院换药打针，不需要打针后，姐姐便自己在家给妈妈换药，她总觉得小区护士手太重了。

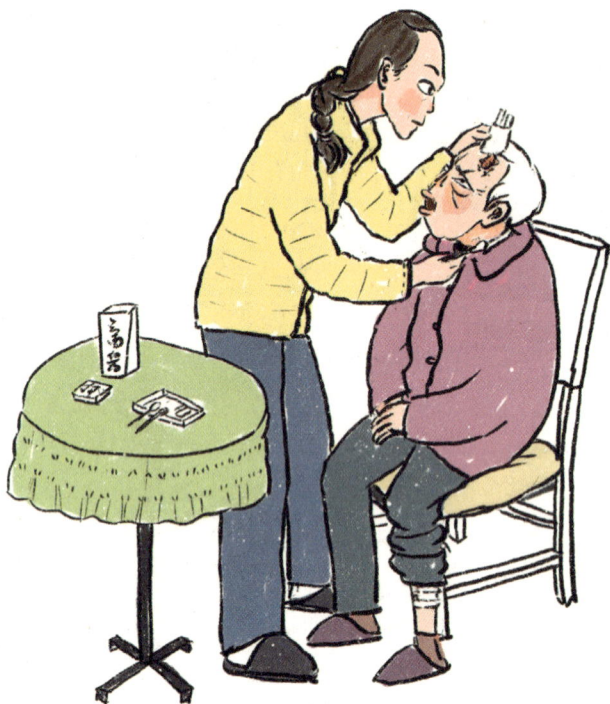

为了让妈妈尽量不要启动"无限循环"，我向全科医生、四川大学心理学教授胡冰霜老师寻求答案。胡老师说，其实按你的描述，妈妈目前也不大运动，她要走就让她走，你权当她在运动好了，她如果总是不动还成大问题了，倒是姐姐需要帮手，要让她腾出手来放松一下。

妈妈除了患有中重度阿尔茨海默病，还患有白血病，由于是异地医保，每次拿药报销都走非常繁复的手续，这里签字那里盖章，发票、身份证寄来寄去，对方一句话就可能要重新办理；同时还需要经常带妈妈看病，查血，做基因检测，密切关注药物带来的各种副作用以及吃药后身体的变化……总之一堆的麻烦事。

姐姐实在是太需要休息了！

尽管姐姐知道妈妈的病是不可逆的，但姐姐仍然抱有很高的期待，她积极地照顾妈妈，严格地执行给妈妈的训练方案：书法，绘画，写日记，读书，念绕口令……一旦看到妈妈的情况没有好转甚至还在下滑，她就会感到难过和失望。一种无形的压力和牵绊令姐姐窒息，而这些负面情绪自然也传递到了妈妈那儿，这是一个恶性循环。

另一方面由于整天待在家里，姐姐感觉自己和社会脱节，都不会跟人说话了，她看到我和妹妹各自在自己的领域努力，并获得一些成绩，相比之下，她自己每天做着护工、保姆的工作，难免产生一些自卑、焦虑、对自我价值的否定等一系列的负面情绪。有时候实在太烦了，姐姐就出去见见朋友，可是每次扔下妈妈出去，姐姐又会感到十分不安，还伴有一种强烈的负罪感。所以为了照顾妈妈，有段时间姐姐放弃了自己最爱的瑜伽和舞蹈，也放弃了和朋友不多的见面聊天，每天的生活就是围绕着妈妈，有时免不了对着妈妈发脾气，发了脾气后，又内疚自责，甚至有时会因此梦见爸爸，这时她就更胡思乱想了。

姐姐的情绪和身体状态不仅会影响妈妈，还会引发我和妹妹的不安和焦虑，尤其因为不能长时间在家和姐姐一起照顾妈妈，我会特别内疚，有时候出去看个电影、画展，和朋友一起休闲聚会等，我都会觉得对不起姐姐。而我每天对姐姐发在群里的信息更是敏感到了神经质的地步，只要有点风吹草动，我的心就会出现生理性的紧缩，还会伴随着心慌……

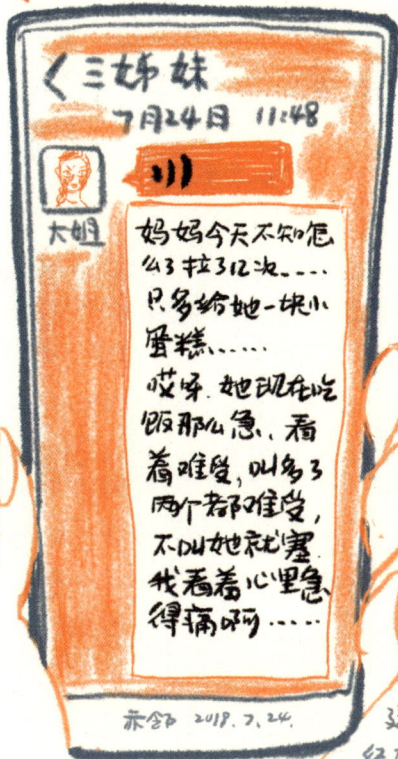

我担心的事终于
出现了，姐姐长
期面对妈妈，
心理受到比较
严重的负面影
响，我感觉到
她目前心理问
题的严重性。

建议她学习他人
经验，和相同群体
的人游说，以释放负面
情绪，虽然这还远远不够。

其实妈妈以前也阶段性出现过吃饭特别快，一口没完又接一口的情况，但这次让姐姐格外焦虑。我担心的事情发生了。姐姐心理积攒的负面情绪太多，已经到了不堪重负的地步了。

那天下午我和妹妹分别打电话和姐姐聊了很久，姐姐的情绪在述说中慢慢平复下来。我知道除了尽快回去让她喘口气，别无他法。于是我让姐姐在我回去前认真看看我特意留在家里的书，我告诉她，她目前出现的状况以及呈现出来的心理状况，书里都有相同或相似的案例以及对应的解决方法……

刚巧那时候我看了几篇关于照护者在照顾老人的过程中自己的负面情绪得不到舒缓走上极端的案例，有抑郁的，有精神失常的，其中一个案例中的照护者竟然把老人给杀了……这让我对姐姐更加担忧了。

"你怎么连上厕所也不会了！"

　　妈妈这次出院后，又出现了一系列异常的情况。我担心妈妈，回家了一趟，结果等我走后，姐姐好不容易给妈妈建立起来的排便规律又破坏了。

　　看到姐姐的情绪很不好，我表示我可以多回家替换她，可姐姐说我们回去一次，她就要花很长时间和精力才能把妈妈的作息、饮食规律重新调整回来。怎么办呢？儿子还有最后这半年就要高考，我还是想陪他一起度过这一段，等他高考结束后我就可以常驻家里了。可转念一想，又觉得不太妥，一家三个孩子，两个全职在家照顾老人，怎么说都不是一个合理的安排，可是也不能让姐姐一直牺牲自己的生活来照顾妈妈呀。我和妹妹商量很久，觉得最合理的办法还是请一个保姆在家，哪怕是请个钟点工都好，我们尽量多回去，这样既可以让姐姐拥有自己的生活，我们也不用完全放下自己的工作和家庭，毕竟我们都是手停口停一族，经济都不宽裕。

　　姐姐说妈妈不愿意请保姆，其实我知道姐姐自己更不能接受陌生人到家里来。很多时候妈妈还是愿意听姐姐的，有时甚至到了讨好姐姐的地步。

"妈妈现在太着急了，做什么都着急。"
"姐姐，着急可能是焦虑，象没拉完就起身，也有可能是她没法准确做出判断。"

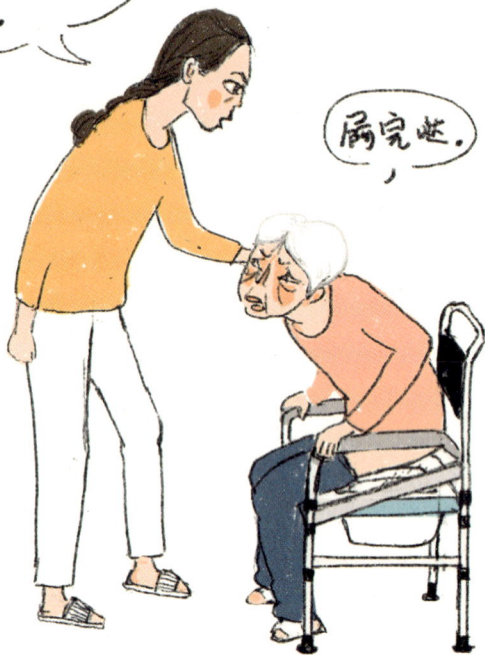

哎呀，妈妈，你还在尿呀，快坐下，你看又搞脏裤子了。

屙完嘛。

今天早上4点，妈妈穿好衣裤，准备到客厅，但看到天黑，姐姐还没起床，又退回去，一下没站稳，顺手抓住坐便椅。

天气特别冷，妈妈不停地弄脏裤子，洗了
的都来不及晾干，最后都没裤子穿了。
因为每次都是裤子脱到一半、或是没尿完就
站起来才弄脏裤子，所以纸尿裤没用。
姐姐累得腰酸背痛，精疲力尽……

姐姐冲妈妈发火后心里也很难受，她一方面自责，另一方面会想自己以后老了会不会也遭遇别人这样对待，她相信报应。

妈妈，我昨天不该冲你发火，我给你认错啊。

我不怪你，我晓得你为我好。

有朋友告诉姐姐有家养老院还不错，离家很近，姐姐是天便带着妈妈去玩，也当如考察一下。没想到妈妈很喜欢，竟然说当天就要住下。姐姐打电话问我，我一听说整体格局像医院便觉得不多，我让姐姐还是再坚持半年。这段时间可以短时间托管一下，看看妈妈的接受度，也可让姐姐缓缓。

朋友说她有个朋友的爸爸住在湖南长沙一家专门针对认知症患者的老人院，住进去已经有半年了，从她朋友发的视频看竟然比去之前还好。我查看了那家养老机构的资料，他们引用的是日本的照护体系，我比较认同他们对认知症老人照护方面的理念，不觉有些心动。可是一想到妈妈是一个特别缺乏安全感的人，目前对我们三姐妹尤其是对姐姐比较依赖，让妈妈一个人在陌生的环境和陌生的人在一起，我的心不由自主地紧缩在一起，实在不忍心！于是我提出来等儿子高考完，再去那家养老院了解一下，看看是否可以由家人陪住一段时间。姐姐听后也心动了，于是这件事就这样暂时定下来了。

下这个决心对我来说很不容易，但姐姐的身体实在需要休养，我试着把自己放在"衰老观察者"的角度来对待这件事，似乎就没那么艰难了。可是和姐姐商量好这个决定后，没过多久，姐姐打来电话，原来她带妈妈去了一家离家很近的养老院。这家养老院并不是专门针对老年认知症患者的，我担心妈妈在这样的地方会被其他老人排斥，因为妈妈目前对外界对待她的态度依然十分敏感。

阿尔茨海默病人就像陷入了深渊，崖壁湿滑无比，患者无力攀爬上来，患者家属眼睁睁看着，也无能为力，无法拉他上来。这种心理上的折磨，患者家属承受得更多，尤其是承担日常照护的家属。一想到这儿，我就无比心疼姐姐。唉，我想姐姐现在是实在支撑不下去了。

第八章

光有爱是不够的

该如何面对这样的生命状态？

我和爸爸曾经有过一次对话。

爸爸："今天我看到一篇报道，一个年轻人放弃深圳的高薪，辞了工作回家照顾父母，真是孝顺呀。"

我："那他吃啥？他的老婆小孩吃啥？"

那一次，我的回答惹爸爸他老人家生气了。

可是怎样才算孝顺？孝顺的标准又是什么呢？放弃自己的生活和事业来陪伴父母吗？这是那次和爸爸的谈话留给我的困惑。

"父母在，不远游。"我做不到，好在后面还有一句"游必有方"。我小时候常常听到爸爸说："做父母的老想着把小孩绑在身边，这是不对的。"这方面他和妈妈高度一致，都鼓励我们要走出去，要去更大更广阔的地方，要敢闯。所以听到他老人家突然变了调调，我是一百个不理解，再说我们也是身不由己啊……

其实，如果那时我能设身处地站在爸爸的立场，就能理解爸爸了。他其实不是要孩子放弃自己的生活和事业，回家陪他们。他实在是老了，对自己的身体完全丧失了掌控力，甚至可能已经听到死神的脚步声，这让他感到恐惧无力，更加需要我们在身边。

2017 年春节，爸爸因心衰入院。在病房，爸爸身体疼痛，睡卧不安，只得整宿坐在轮椅上，不停看时间，度秒如年。看着昏暗灯光下爸爸的身影，我一遍又一遍问自己："人到底为什么活？""如果活更久的结果就是让自己在病痛和恐惧中煎熬的时间更长，活着又有什么意义可言？"这些困惑突然进入我的大脑里，慢慢越变越大。

　　后来，妈妈确诊患上阿尔茨海默病，我目睹她的记忆被擦除，情感从这个叫作"妈妈"的躯壳里一点点被剥离，目睹她不得不将出生以来习得的所有能力一一交还，新的困惑又闯入我的大脑："如果生命在无知无觉无情无惧无力中维系，而且还被夺走最后的尊严，这样的生命，意义在哪里？"积累的困惑几乎要撑爆我的头。幸运的是，在我最不知所措的时候，胡冰霜老师给我指引了方向，也教了我具体的方法。这期间，我和胡老师有过一次深入的交谈，我记录了下来。

2019 年 6 月 8 日和胡老师谈话

我　　最近两年我常想，当一个人进入老年阶段，尤其是得了老年认知症后，身体机能逐渐退化，直至婴儿状（只有下意识吮吸能力），最后回到生命的"零"状态。在重度阶段，病人不记得任何人和事，不会用语言表达，只剩下动物的本能——吃，这样的生命存在的意义在哪里？是不是对这个人来说生或死都没意义，但对亲人来说是有意义的，除了情感之外，还可以更为真切地感受、观察生命慢慢消逝的过程，让我们知道衰老和死亡是怎么回事。又或者，我们如何对待这样一种状态的生命本身便是一种意义？

胡　　对于这样的人，如果本人继续活下去的愿望比较强烈，我们就要成全这种愿望，要竭尽全力让这个人稍微健康地活下去。要打持久战。如果我们往远处看十年、二十年，要耐心地陪伴下去，也许老人家的身体结构还比较好，很有可能还有这么多时间，那么我们就要在这十几二十年里心平气和地，同步把自己的发展规划好，分出一点精力来走自己的路，这样你就不会觉得老人占用的时间太多。有点自己的事情做，把自己的道路走好，你就会感到安心。

胡老师一句"要打持久战"，让我意识到一件没被我正视的事情，那就是现代人大部分都是 75 岁甚至之后才真正进入衰老期。进入这一阶段，老人身体机能直线下滑，但是从这个时候到死亡还要经过相当长一个过程，十年、二十年，甚至更长。所以，绝大部分生命不是猝然消失，而是在一条很长的陡坡上，被死神掐着脖子，蹒跚着走向终点的过程。这跟我以往的认知不一样。我以为一个人老了后，可能会有一些慢性疾病，但都不影响日常的生活，某一天，突然倒下了，然后被送入医院，昏迷几天后清醒过来与家人一一告别，并交代后事，然后闭上双眼与世长辞。之所以有这么一个刻板印象，除了各种电视剧的影响之外，还可能是个人经验所致。我的外公和外婆临终前，我都随爸爸妈妈回去了，记忆中好像不到一周的时间，就去世了。那几天大人们都比较忙，晚辈们被要求回避，所以我完全不知道外公外婆在临走前是怎样的状态，经历了什么，当然更没办法知道他们心里在想什么了。

　　经历爸爸的离世，胡老师这番话让我有所省悟。现代医疗水平越来越高，死亡的过程越来越缓慢，当死亡的过程被拉长，死亡便变得既具体又昂贵——那是每天早上护士送来的账单、护工每天的工钱、家人不得已暂停的工作和生活……

八个多月了，妈妈的健康状况毫无悬念地下滑，人消瘦得非常厉害，两条腿像面条一样软软塌塌，完全无法支撑她的身体，可一旦按下"无限循环"按钮，她的两条腿就像上了发条一样无休无止……

看着妈妈瘦骨嶙峋的腿在空旷的裤管里若隐若现，佝偻的身体向前倾斜，随时像要跌倒的样子，我感到十分心酸。这种情绪常常膨胀扩散，令我随时会落下泪来。

2019 年 9 月 21 日，我在自己的公众号发了一篇推文《只要心里有爱》，文章最后一句是："病情肯定无法逆转，负担肯定也会越来越沉重，但是只要我们心里有爱……"我们心中自然是有爱的，尤其是姐姐，毕竟她和妈妈生活在一起，几乎没有分开过，两人相互间的依靠和慰藉是我和妹妹不能相比的。妈妈患病以后，姐姐对妈妈的照顾是无微不至的，她开玩笑对妈妈说："我没有带过宝宝，现在我是带了一个老宝宝。"姐姐和妈妈最常做的一个游戏是，姐姐大声唱："我的好妈妈呀……"然后妈妈接着唱："我的好女儿呀。"然后两个人抱在一起用额头轻轻顶一顶、晃一晃。

可是有一天姐姐难过地对我说："我怎么觉得越来越不爱妈妈了？"我知道她不是不爱，而是爱在这无尽的循环中消耗殆尽，被层出不穷的各种状况磨损掉了，取而代之的是厌烦，是抱怨，是自怜，是看不到尽头的绝望，以及对因照顾妈妈而影响自己日常生活的愤怒……

原来光有爱是不够的！

虽然阿尔兹海默病患者的症状各不相同，但他们肯定不像某些综艺节目里那么美好，他们的病症不仅仅是失去记忆那么简单。不要以为只有"熊孩子"会制造麻烦，患有阿尔茨海默病的老人才是高段位的麻烦制造者，脑退化带来的异常行为又荒唐又磨人，而且无药可医，不可逆转，逐日加重。这种日复一日的精神折磨，令照料病人的亲人心力交瘁，甚至崩溃。

在照顾妈妈的过程中，姐姐的情绪常常在充满信心—烦躁—自我否定—焦虑不安—沮丧—爆发中来回徘徊。虽然她用做瑜伽、冥想等方式来释放负面情绪，但长期面对妈妈这样的病人，没有个人空间，还是会感到压抑。

有一段时间，妈妈夜里经常起来，一个人摸摸索索来回走，把自己磕得到处青一块紫一块，姐姐晚上完全不敢睡觉，白天也无法休息，整个人很恍惚，人瘦得70斤都不到，还大把大把掉头发，喉咙红肿，不能出声。那段时间，姐姐陷入极大的焦虑当中，情绪非常低落。正当我和妹妹一筹莫展之时，姐姐在微信中发来消息："我刚才给妈妈洗了澡，我发现每次给妈妈洗过澡后，我的心就变得更柔软。"我问："是因为看到妈妈越来越瘦了吗？""嗯，还有她身上被磕得到处都是青一块紫一块，我给妈妈洗澡的时候，妈妈看我的眼神也特别温柔。"

过了几天姐姐又在群里说："我现在觉得那句老话'家有一老赛过一宝'说得真好，无论这个老人是以怎样的状态存在，对我们来说都是一个大宝，因为他们的存在让我们学到很多，能够让我们迅速地成长。"

"帮助老人就是在帮助自己。"这句话是胡老师对我说的，她还说在照顾老人时可以让自己的能力大大提高，未来人生中任何难题都不是问题了。我当时听了非常困惑，照顾老人会获得什么能力呢？如何帮助卧床老人翻身，如何帮老人洗澡、接大小便吗？是的，我可能会在照顾老人的过程中获得一些护理能力，但是这种能力我要来做什么呢？如何处理好一张画面，如何精准地述说一件事，这才是我目前最需要的能力啊！

　　这句话我也曾转述给姐姐听，姐姐也是一脸困惑。因为当时我们眼里看到的都是妈妈带来的麻烦。

　　现在回望过去这两年，我们三姐妹有了不同程度的成长。我们在面对困境、解决难题的过程中都有了一些领悟。尤其是姐姐，作为妈妈的第一照护人，她是在面对妈妈一次又一次的"无限循环"模式中，在清理妈妈的大小便时，在帮妈妈洗澡洗头时，在绞尽脑汁做营养餐时，在一个一个不能入眠的夜晚、在担惊受怕中……更深刻地体悟到这一句看似简单的话语："帮助老人就是在帮助自己。"

姐姐说最初在照顾爸爸时，她对爸爸很不耐烦，甚至不理不睬，后来慢慢能够理解、宽容，最后会心疼爸爸，从外在对待爸爸态度的转变，到内心的柔软，她开始一点一点进步。最后她发现，在照顾妈妈时，她不知不觉运用了爸爸对待困难的态度。姐姐开心地说："我现在拥有了爸爸的坚强和乐观，遇到困难不轻言放弃，要自己想办法解决，自己的事情尽量自己做。"她说爸爸直到生命最后阶段，身体疼痛、心脏难受，还在想各种办法去尝试，爸爸不会躺着等死！这一点，对于她照顾妈妈起到很大的作用，好多时候感觉撑不下去了，都是爸爸的这些精神在支撑她。每当解决了一个看似不可能解决的大难题，姐姐就会获得很大的成就感和对未来的信心。总而言之，姐姐的信心是在解决一个一个难题的过程中积累起来的。除了学习到去感受妈妈每一次出现的新状况，去理解她，姐姐还获得了很多关于疾病和衰老的经验，包括如何去找养老院，如何考察，如何选择。姐姐说，这些都是将来自己用得着的经验。

而我，自从问出"这样的生命活着还有什么意义？"便开始从各种相关书籍、音频栏目中寻求答案。随着时间的推移，我发现它的意义越来越多，至少这样的存在，会启发我思考以前从来不曾想过的问题，比如姊妹间的关系和责任。

"成年人应该为自己负责，各自安排好自己的生活，不给他人添麻烦。"这是我们的共识，我们看重的是"人是独立的个体"，忽视的是血缘带来的责任。以前我以为姊妹之间只存在亲情，不存在责任，有一天我突然意识到，假如姐姐倒下了，我面临的不仅仅是照顾妈妈，同时还要照顾姐姐，不管我是否愿意。当我意识到这点后，一股前所未有的压力扑面而来，于是我开始寻找帮姐姐减压的方法，同时提醒姐姐，要为自己进入老年生活时将要面对的孤独做一些准备。我可以通过姐姐在群里的语音和留言敏感地捕捉到她的情绪变化，一旦感觉到她有负面情绪，我会第一时间跟她通话，找出原因，帮她疏导。而妹妹觉察到我的焦虑，她很自然就充当了我的负面情绪的疏导者，这样一来，我们的关系就有了一个良性的循环，相互间更加信任。

因为有这样的经历，我学会了如何利用生活中的困境，并在困境中调适自己的状态。

妹妹以前总觉得衰老离她很遥远，因为照顾妈妈，她也开始关注这个终将要面对的话题。

最近，我和姐姐聊天，她说她现在已经不再问"这样的生命活着还有什么意义"这个问题了。我想，我们都在照顾妈妈的过程中，找到了答案。

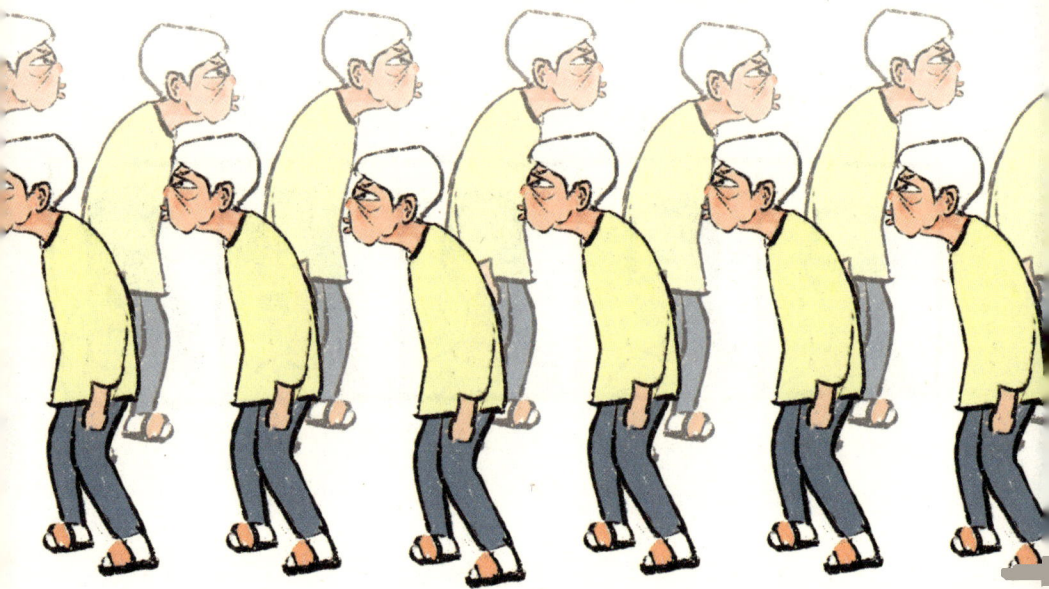

我在观察和记录中成长

我的成长是从记录妈妈的日常开始的。

爸爸走后，我开始关注衰老和死亡的话题，我用绘画记录妈妈的日常，因为担心她忘记我们，每天给她画一张我们家以前的故事，把这个系列命名为"唤醒妈妈的记忆"。后来，机缘巧合，这个项目入选了由"北京ONE"面向社会招募的艺术共创计划，名曰"记忆对画"。

我在学习老年认知症相关知识的过程中，对照妈妈多年前的一些反常行为，才知道妈妈的阿尔茨海默病其实在六七年前甚至更早就出现了端倪。如果能够早点知道，早点干预，或许能更好地延缓病情发展。因此我发起"记忆对画"活动，希望借助这个活动，建立起年轻人与上一辈人交流的通道，让两代人的心真正在一起。比如，让老一辈获得理解和艺术滋养，让年轻一辈认识衰老和死亡。

由关注孩子转为关注老人，虽然一个是生命的开始，是"来"，是逐渐获得，另一个是生命的终止，是"去"，是逐渐交还，但是我用了同样的方法记录和观察。我发现，一个人的一生，便是从主动学习如何获得到在被迫交还中学习如何放手的过程。而交还是最痛苦的阶段，在面对痛苦、艰难时，若能赋予它某种意义，相对而言会更加笃定、平和，也更容易越过层层阻碍。

　　2018 年 7 月，我每天都要和妈妈聊一件以前的事，用提问的方式提示她把这个故事讲完，然后我们一起把这个故事画下来。很多事情妈妈都不记得了，遇到这种情况我就先画再讲给她听。可是妈妈居然不记得她和爸爸之间的故事，这让我在情感上难以接受，我压抑住不满再三提示，最后竟用指责的语气逼问，把妈妈逼得带着哭腔说"我就是不记得哒！"才罢休。我怎么那么无知！后来随着对阿尔茨海默病了解的增多，我才知道用这样粗暴的方式追问是忌讳的，就连"你还记得……吗？"这样的句式也是要尽量避免的。

"妈妈，你再给我讲讲你和爸爸谈恋爱的故事嘛。"

"不记得哒。"

"啊？你俩那么恩爱，怎么会不记得呢！"

"就是不记得哒！"

"你再想一下，不可能忘记的，你好好想嘛。"

2018年夏，在北京，尽管我意识到妈妈++有忧虑了AD，但仍然不相信她会忘记那么重要的东西。

和妈妈一起做"记忆对画"，原本是希望留住妈妈的记忆，没想到故事里那些被时间淡化的美好、温馨的画面重新清晰起来时，也柔软了我日渐麻木的心，而且还让我解开了多年的心结。有些往事虽然有些感伤，有些遗憾，但最终释怀了。

　　妈妈的病在发展，我的心态也在变化。我发现，厌恶和烦躁感不知道从什么时候消失了，取而代之的，是一种说不出来的伤感和悲悯。

　　比如，看着半夜大家都在梦乡的时候，妈妈起床焦灼地要去找自己的房间，我很心疼。妈妈的那种恐惧我能明白——假如夜里我睁开眼真切地感觉到是在别人的房间呢？所以，我陪着她一间一间房寻找，看着她拖着已经不那么听使唤的腿执着地去找自己的房间，当她恍然大悟说出"哦，在郭里！"时，我的心一酸，眼泪掉了下来。

　　以前妈妈常说："人年纪越大，感情越脆弱。"唉，我这个硬心肠的人啊，已经有"感同身受"的体验了。

想起"认知症好朋友-家属支持群"里大家分享的经验：
不要纠正，只能顺着来。于是爬起来陪着妈妈去一个房
间一个房间找。

"妈妈，我们住的是34床，你看上面的门牌数字。"

"好……都不是的……都里也不是……"

"咦，妈妈，34床好像在这，你看是不是？"

"喔——是的，在都里。"

我晓得我
的房间在
哪里

那你找
得到你的
房间吗？

24-31

33-30

赤邻 2019.12.9凌晨

妹妹总说我的变化特别大,我知道她是想到了我照顾爸爸时的状态。那时我对老年人的心理状态完全不了解,对衰老和死亡方面的认知简单又刻板,照顾爸爸多少有点迫不得已的意思。

2017 年春节,爸爸因为心衰入院治疗,我在医院陪护期间,错失了与广西少数民族博物馆合作的机会。那是我特别有热情去做的事情,当时心里特别难受,不断地在姐妹面前抱怨爸爸——如果不是他的倔脾气,年前答应住院治疗多好!我其实就是在抱怨他让我丢掉了一个好机会。当然,我当时更不能理解他为啥病得那么难受还要拒绝去医院。

后来,我们姐妹常讨论为啥我会有这样的改变,我翻看了这两年的记录,发现这种改变一方面建立在对阿尔茨海默病逐渐了解的基础上,另一方面,则是因为记录让我必须去观察和思考。

我的观察是循着"认真观察—发现问题—探寻根源—寻找方法—实践解决—记录和反思—客观评估"这一流程展开的。当我用这样的态度来对待妈妈时，我面对的便不再是一个照顾妈妈的问题，而是在摸索一套如何对待衰老和死亡的方法，将照顾妈妈这件事变得具有社会意义和参考价值。

　　当我站在这个维度上时，妈妈空洞的双眼、蹒跚的脚步、永不停歇的无限循环、满地的黄金（大小便）、满口溢出来的饭食、控制不了的双手、抑制不住的食欲、面对食物贪婪的眼神……都不再让我厌恶，而是油然而生的心疼。正如妹妹说的那样，这个时候我们悲悯的对象，不仅仅是眼前这位我们称之为"妈妈"的老人，还有对每个人终将面临的在人生尽头不得不将出生以来习得的所有能力一一交还的无奈……

　　虽然如此，面对妈妈在公众场合的一些失常行为，我还是会难堪，甚至想赶紧带妈妈离开。那种情绪靠自己很难排解，于是我再次向胡老师求助——

2019 年 12 月 14 日和胡老师的谈话

我　　胡老师，我很难过，关于阿尔茨海默病，为什么我学了这么长时间，对这个病的症状也大致了解，可是面对妈妈在公众场合的一些异常行为，尤其是在我们的教育中认为失礼的行为，比如，问陌生人要东西吃，和亲朋好友聚餐时狼吞虎咽，将喜欢吃的食物拖到自己跟前，如厕时在厕所外面就要脱裤子等，我就会有一种很不好的情绪，很难用一个词描述清楚，我不知道这是不是就是所谓病人家属的连带病耻感。我一方面替妈妈难过，那么讲究、清秀的一个人变成如今这样，另一方面又感觉在众人面前很窘迫，觉得有些丢人。这里有面子的问题，但又不全是。虽然我知道这都是病症，妈妈无法控制，但尴尬的情绪还是会冒出来，让我不停地问：妈妈这样活着还有尊严可言吗？妈妈现在还特别惜命，我想她现在就是回到动物对生命的一种本能的渴望，对她来说生命是否有意义不重要，重要的是活着！而对于我们呢？有时候看着妈妈这样，我心里特别难过，真是太难受了，难以描述的难受。

胡　你画的那些很重要，很多我都觉得可以帮到病人和病患者家属。像你妈妈生吃抄手那样异常行为，是疾病带来的病状，需要告诉大家，给大家打个预防针，特别是给年轻人打个预防针——那些令人感觉难堪的状态，每个人都不一定能避免，不是自己遭遇，就是亲人遭遇，你我都有可能会变成那样。

我们追求高质量、高密度的精神生活很重要，有益身心的兴趣爱好，能够早一点儿开始是最好的。早一点儿让自己的生活、生命有关注点，有意义，就有了一条精神上的出路，就有可能离阿尔茨海默病稍微远一点儿，退一步讲，即使逃不过，还是会得这个病，那个意义仍然能够成为一个支持，能够保全和提高生活质量与生命尊严。

曾经有人对我说："你总是整些虚的东西，还不如回去和姐姐一起照顾妈妈来得实际。"我也一度产生怀疑，发起"记忆对画"活动，让更多人关注老人的精神生活，关注亲子关系；记录妈妈的日常、画家里以往的故事……这些是不是并没有什么实际用处？

　　胡老师的这番话，给了我答案，也给了我一颗定心丸。

亦邻

2020 年 7 月 2 日

附

录

三姐妹聊天记录：自察和自省

从 2018 年 8 月份妈妈被确诊为中重度阿尔茨海默病，到如今已经快两年了，妈妈的身体虽然大不如前，但她的思维、智力、记忆相对于其他同程度的患者来说算比较好的，并没有特别大的下滑，这与姐姐的精心照顾分不开。很多人羡慕我们有三姐妹，但有相同经历的人懂得，姐妹多不是重点，难得的是三姐妹同心，遇事不互相埋怨、互相推诿。

我们在照顾妈妈这件事情上一直都有商有量，意见有分歧，我们选择坦诚地说出来。这是我们能够齐心协力的前提。

翻看以前的聊天记录，我觉得把这些对话附在书中特别有意义。

亦邻　　姐姐，我看了你每天的记录，你有没有注意到里面重复得最多的句子是："我很担心""我很焦虑""我该怎么办""我一定不能急躁""我感到很不舒服""我不应该发脾气"。

清雅　　啊，我没注意。

亦邻　　我感觉你的负面情绪主要是对妈妈出现的各种病症感到焦虑，还有就是当你的情绪失控后会感到内疚和自责。

清雅　　是的，有时候真的好烦躁的，尤其是我自己身体不舒服的时候，好难控制，但是发完脾气后又觉得不应该这样对妈妈。

亦邻　　姐姐，你对妈妈已经非常用心了。如果需要，我就马上回去替换你一阵。总是这样焦虑和自责，会出大问题的。

清雅　　但是，那要怎么办呢？你们有你们的工作，回来也不长久啊。

亦邻　　必要的时候可以请钟点工。

清雅　　我觉得目前我还可以，妈妈也不愿意请钟点工。

亦邻　　这些你自己把握。当你出现了焦躁情绪对妈妈发脾气时，首先要意识到这是人的正常的情绪反应，然后等自己平静下来后，你可以认真地、客观地回想整个事情发生的过程，你可以把你认为导致心烦的原因一个个列出来，比如：

1. 因为自己的身体不舒服；

2. 想做某件事但是要照顾妈妈不能实行；

3. 担心妈妈的病情持续下去自己无力承担；

4. 看到妈妈一些失常的行为心烦；

　　……

然后一条一条排除，找到真正的原因。弄清楚原因后，我们一起来想办法。第一个问题，可以求助医生；第二个问题，可以把你目前想做的事情列在一张纸上，然后看看哪些是有可能达成的，哪些通过分配好时间或求助他人（周围的亲戚朋友或者钟点工）可以达成，还有一些确实是条件不允许的那就暂时先放一边；如果是第三个问题，那就要和我们说，三个人一起商量解决办法，共同来承担。总之你要记住你不是一个人，我们有三姐妹。

清雅　嗯，有时候我也会麻烦细姨来陪丁妈妈。

亦邻　舒缓负面情绪，我的经验是画手绘日记。我觉得手绘日记是很有效的解决问题的方法，你要不要试试嘛，其实光用文字也可以，只是画画本身就很治愈。

清雅　嗯，我试一下看。

亦邻　妈妈的情况其实是时好时坏的，健康方面总体趋势是向下的，这是正常的现象，我们要接受这点。

清雅　是的。

2019 年 6 月 2 日

清雅　你现在每天都在听关于人生意义方面的东西，总是跟我讲这些，我们周围的人都不想这些事，我看他们都过得蛮好的，个个都开心得很。

亦邻　那是他们还没有遇到大的事情和变故。一旦遇到威胁到生命的大病或者亲人离世，还有面对衰老无力掌控自己的生活，就会特别凄凉。

清雅　大家都说到那天再讲，所以现在要开开心心过好每一天。我现在就是想把身体搞好，别的什么都不想。

亦邻　嗯，这样也没错，我以前也这么想。我是看到爸爸最后两年经受的那种痛苦才想了很多，你看他以前身体多好啊，也一直锻炼，但总有一天不得不面对最无力又无助的那个阶段。

清雅　那怎么办呢，每个人都要面对的呀。

亦邻　我就是在想能不能现在做些准备，有一个精神支柱帮我度过那个阶段，稍微平静一点离开。你看爸爸年轻时上战场，他做好了死的准备，他那时候是视死如归的，可是后来他越老越怕死，点点一句"祝爷爷长命百岁"，居然会惹得他很不开心，因为他想要活到120岁。为什么会有这样的变化呢？我觉着应该是跟信念有一定的关系。

清雅　人一定要有信仰吗？

亦邻　也不一定吧，但有信仰的人肯定会积极很多，更有力量去面对困难。有一个高于生命的东西就可以支撑自己度过最艰难的时刻。可惜我到现在也没有找到一个真正的信仰，但是我想带着这样的思考去寻找总比不想好。

清雅　怎样才可以找到人生的意义呢？

亦邻　我也不知道，所以我近两年很努力看书，看了后才发现我们现在的困惑很多年前那些哲学家都思考过了，我们平时常挂在嘴边的话比如"活在当下""顺其自然"等等都可以追溯到某个哲学流派。虽然我也常说"活在当下"，但其实我从来没有想过怎样才叫"活在当下"，如果看过这些书，就可以了解他们当时提出这个观点的前因后果以及思考和论证。你如果想看，推荐先看《中国思想史十讲》，这本书不好懂，我也在慢慢学，基础太差了。你要是看肯定比我容易得多，你学习成绩那么好，不像我，从小渣到大。

清雅　看那个有什么用？

亦邻　关于面对生死问题如何回应，书里就介绍了四种可能性，有依靠外力的，有依靠自己的，有关注此世的，有关注彼世的，了解这些后，你就可以循着这几条途径慢慢去找。

2019 年 11 月 3 日

清雅　现代舞我都看不懂，昨晚看了《春之祭》，只感觉到音乐和演员那粗犷的动作很震撼我的心，但却说不出所以然来。

清雅　我觉得有理想有追求的人，就会生活得有激情，虽然也会有痛苦但却是痛并快乐着，我最近老在想自己这样生活没有什么生气，感觉自己老了就是因为生活没有目标看不到前面的路，有时觉得沮丧，了无生趣。

小菀　哇！大姐这份感受太赞了。

亦邻　哇，好开心呀。我也是从爸爸妈妈身上感悟到的，但有时候也会想，人那么辛苦干啥，退休了不就好好地、开开心心地过日子就行了吗？后来看了很多书才会进一步思考，怎样才能开心呢？原则上我们都在追求快乐人生，但不同的人对快乐的理解不一样，所以会产生不同的人生观。

清雅　是的，我最近一直在想这些问题。

清雅　可我最近老感觉不到发自内心的快乐，我自己也不知道为什么，我就是觉得好像没什么目标，很茫然。

亦邻　每个人都会迷茫吧，我每次迷茫时心就不定，慌慌张张地不知道做什么好。

小菀　大姐，这种觉察特别好，就是你觉察到生活中现在的心情。情绪和状态产生的原因是什么？没有目标。这个自我觉察很了不起啊。因为发生改变就是在这个基础上，我觉得这是特别好的第一步。

2020 年 6 月 20 日

（姐姐发来妈妈和钟点工做运动的视频）

小菀　哈哈哈哈，我觉得对妈妈只有你去跟她提要求，她就会去做的，然后再看看，是不是慢慢她就喜欢上了。

清雅　是的，我刚才跟妈妈聊，她说以后和这个大姐打一会儿牌就起来活动一下。看到她这样，我就不舍得让她去养老院。我跟她说不能总是坐着，要多起来活动，她答应了，但是我知道即便答应，她也总是做不到。就这样吧，我先让自己放松。

小菀　目前只有你说的妈妈能够听进去一些，虽然不代表她就能做得到，但起码有这种沟通就特别好。我特别赞同你最后说的，要让自己先放松，因为妈妈此时此刻也觉得挺好的，那我们就去维系它。如果你能够想办法让自己在心理层面拓开一层，就会放开一些。你可以把这个作为你近期要攻克的一个课题，攻克了你就会有成长，这个成长会帮助你放松。

清雅　昨天我一直在想这个问题，怎么让自己放松，可能我还是太在意妈妈，太关心她的好和不好，所以就让自己变得很紧张。昨天我和一起跳舞的朋友聊天，然后又一起上课，回到家我跳给妈妈看，妈妈很安静地坐在那里看我跳。我问她我跳得好不好，她说跳得好……我觉得这样子挺好的，昨天一天挺开心，所以我要一直保持这种跟外面的沟通，还要更好地提升自己。

小菀　大姐，我特别为你高兴，因为我们在生活中，先自己创造一些条件去开放，去放松，就会发现身边的一切看上去不好的事情就会随着你的改变变好了。

当然我说的这个好，肯定不是一个结果的好，而是让你看待这个事情不一样了，会让你看到一些希望和一些喜悦。

我还有一个经验，当你和妈妈的空间变得特别狭小的时候，个人空间的界限就不够清晰了，你会把太多的希望或者期待，或者是关乎于你的喜怒哀乐的东西都转嫁到妈妈身上。当然妈妈现在她有很多感官在退化，她可能说不清楚，没你这么强烈，但是在内心对你也是如此。但我们每一个人都是一个独立个体，所以你昨天出去找你的朋友，就是创造了一些妈妈不在场的空间，这样你虽然谈论的也许还是妈妈的话题，但是空间距离已经拉开了，就会让你看到一些不同，我们经常说人如果总是盯着一个东西看，就会看不清楚，离开一点距离反而就不一样。

在陪伴妈妈这段时间，我最大的感受就是，当我把自己放到妈妈的这个角色的时候，我立马就变得理解她了。

今天早上你讲，虽然你跟妈妈说了，妈妈也答应了，但并不意味她能做到，但我觉得她能跟你对答，就已经非常值得开心和感恩了。大姐特别赞。

清雅　踏实了。

清雅：面对久病家人的勇气

我是姐姐清雅，爸爸走后，我想接下来就是好好把妈妈照顾好就行了，当时我们的注意力都放在妈妈的白血病上，病情控制得比较理想。虽说我们怀疑妈妈可能得了老年认知症，但她的配合度比较高，除了人糊涂一点，并没有太多让我们困扰的行为。

那时候我充满希望，督促妈妈读书、画画、写字、运动、做游戏，每一顿都是精心搭配的营养餐，虽然大家都说这个病是无法逆转的，但我内心还是会抱有期待，我想只要功夫做足了，再配合治疗，就有可能出现奇迹。

只是没想到后来妈妈出现越来越多的焦躁的行为，让我应付不过来了，好脾气都被她周而复始的无限循环磨没了，剩下的就是烦躁，加上晚上睡眠不好，脾气就更大了。发完脾气又自责，非常痛苦，后来亦邻跟我说，照顾阿尔茨海默病患者非常容易受到心理伤害，我这个情况明显就是造成了心理伤害了，她跟我说了一些相关的知识，让我知道我发脾气、情绪失控都是正常的，要接纳这一点，亦邻还推荐了一些书给我看。

后来通过学习、写日记以及与两个妹妹一起聊，我慢慢找到造成负面情绪的真正原因，我发现每当妈妈的身体出现问题时，我就会生气、愤怒，有时还会迁怒于妈妈，甚至认为这是她没有积极配合的结果。

对妈妈的病抱有不切实际的幻想是导致我产生负面情绪的主要原因之一。

我还会经常怀疑妈妈是否真的患上了阿尔茨海默病，因为有时候她表现得特别正常，所以当妈妈出现反常行为时我不能理解，这是产生负面情绪的另一个原因。

其实这两点都源自对这个病不了解，所以学习相关知识，了解这个病是避免负面情绪的前提。

　　找到产生负面情绪的真实原因非常重要，这两年我一直在学习，三姐妹在姊妹群里时常聊这个话题，如果不去思考这个问题，就会被表面的东西迷惑，真正的问题就得不到解决，就会陷在那个情绪里不能自拔。

　　比如我有时候抱怨妈妈不听话，让病情更严重了，其实真实的想法可能是我想去跳舞，但要照顾妈妈，不能去，所以烦躁。搞清楚了原因是想要跳舞，那么就可以在这里想办法，比如可以通过请钟点工解决这个问题，又比如换一个想法，在家跟着视频也可以跳，这个是这次在北京见到小菀在线上教大家跳舞给我的启示。

　　但是无论怎么学习，怎么反思，还是免不了情绪会低落。对我来说练瑜伽、跳舞、挑战自己的极限，突破一个个高难度的动作，可以让我获得极大的满足和愉悦，还让我产生自信。所以我每天下午都要练瑜伽和冥想，每次冥想时关注自己的一呼一吸，想着吸气时自己正在吸进大自然给予身体的能量，呼气时正将身体内的压力、浊气排出体外。一开始会走神，呼吸也不均匀，慢慢地就越来越平静了。

　　学习舞蹈，不仅仅是学习肢体的语言，我还获得了对音乐、对美的感受，在表演中获得自信。并且还能交到很多朋友。舞蹈有较强的趣味性，它的趣味性容易让人专注和集中，不管跳得好坏都很开心，都可以忘掉烦恼。

家族聚餐让我感受亲情的温暖，可以舒缓压力。我的性格比较孤僻，以前遇到家族聚餐，我总是躲，现在我内心越来越渴望和亲人们一起聚会，只要有机会，我都会带着妈妈一起参加。一开始我还有些顾虑，后来每次聚会，亲人们都非常照顾妈妈，让我特别感动。

　　三姐妹经常交流、沟通让我感觉自己不是一个人孤军奋战，遇到问题我们都是一起面对，出钱的出钱，出力的出力，出谋划策的出谋划策，真的很庆幸我们有三姐妹。

　　我也会找机会和朋友们聊聊，情绪不好时聊天特别能释放压力。

　　除此之外，我比较喜欢朗读，烦躁的时候我就大声朗读。

　　2018年下半年，我参加了由亦邻发起的艺术共创项目"记忆对画"。我跟着画了一段时间的画，和妈妈一起聊过去的故事，并画下来，这对从来没画过画的我来说是个很大的挑战，这个过程让我沉浸其中，画完后也会产生满足感，越看越开心。我们的画最后在"北京ONE"展出，给了我很大的鼓舞，这个活动把我们三姐妹凝聚在一起，大家共同做一件事的感觉特别好。

　　求主能关爱妈妈，让妈妈平静地度过接下来的每一天。

　　妈妈的情况虽然一天不如一天，但日子还是得过，幸运的是，我们三姐妹同心协力，有商有量，我也在照顾妈妈的过程中获得了成长。现在我不仅知道了如何排解自己的负面情绪，而且在妈妈出现各种状况时也可以做到从容应对，我的心变得越来越柔软，很少出现烦躁的情绪了。未来的结局无论是怎样，我都有勇气去面对。

清雅

小菀：我和妈妈用动作沟通

我是妹妹小菀，家里最小的，也是三姐妹里唯一没挨过揍的。我是在爸爸妈妈的包容里长大的孩子，这一点我比两个姐姐幸运。

2018 年暑假，我们一家聚在北京我的小窝，妈妈每天都过得百无聊赖。我是一名教授创意舞动的老师，同时也是一名舞蹈编导，我的学员有成人，有孩子，还有一些特殊的人群。妈妈确诊患上阿尔茨海默病以后，我常根据绕口令来编动作教妈妈一起做游戏。

手指与大脑之间有着密切的关系。手的动作，特别是手指的动作，越复杂，越精巧，越娴熟，就越能在大脑皮层建立更多的神经联系。采用活动手指来刺激大脑，我不确定是否可以帮助到妈妈。但有一点我能明确，妈妈喜欢手指舞蹈。后来妈妈回湖南了，我们就通过视频一起来玩手指游戏。

我给妈妈编的这些舞动小片段共同的特点是：节奏简单，语言朗朗上口。熟悉的童谣或绕口令让妈妈放松，配上手的动作后，既能帮助妈妈开口说话，又能通过动作记住语言部分，形象，生动。妈妈在游戏过程中注意力非常集中，这就意味着在那一时刻，妈妈的头脑在参与身体并与之互动。这对妈妈来说特别重要。因为妈妈的语言交流的功能在迅速退化，她不愿意开口说话，只用点头、摇头的动作进行简单、基础的交流。但我很清晰地感受到和妈妈一起舞动的过程中，我们彼此用动作在进行着沟通。所以在和妈妈做这些看似简单幼稚甚至被大家认为是我在撒娇的一些动作，其实对妈妈是有作用的，事实证明这些舞动的小片段教给妈妈后，过很长一段时间妈妈还能记住。

妈妈脸部的表情变得越来越麻木，眼神也越来越空洞，不自觉地皱着眉头，表情显得非常严厉。

我们经常会问忍不住问：妈妈，你是不高兴吗？

妈妈说：有有！

姐姐：那你笑一笑。

妈妈听话地笑笑，笑容很干涩，不到三秒，又会回到之前麻木的状态里。

我知道这一切是妈妈的感知功能退化造成的，我能接收到妈妈的那个世界里发来的信息，不是意识层面的，而是我的身体深处真实感受到了。我不再要求妈妈笑，而是和妈妈一起练习笑。

虽然和妈妈隔着屏幕，但我们就像彼此的镜子，就从触摸皮肤开始吧，"摸、按、捏"这些动词生动好记，朗朗上口，同时也是动作的质感，这时语言是动作，动作表达语言，妈妈跟随起来轻松有趣。这种方式就像是给妈妈的记忆进行一个轻松愉快的按摩，关键是帮助妈妈活动面部肌肉之余，最后还能哈哈笑一笑。过程中，我让自己的动作清晰、笃定、不慌乱，通过动作传递出安全和信心，我相信妈妈会有同样的感觉，这样的心理状态和情绪状态是相互传递的。

陪妈妈玩身体游戏，把握好节奏是重要的。节奏会带来稳定的律动，而律动能带出活力。通常我会从妈妈现有的动作出发，开始会缓慢地、稳定地进行，不断重复，然后感觉到妈妈熟悉了，就可以再往前走走。再试着加入新的动作或节奏发展成一组动作序列。特别是大姐和妈妈玩抛球的时候，开始只是简单的你抛我接。妈妈抛球的力量和速度特别快，接到球后不会停留就迫不及待地抛出去。于是，我建议大姐加了一个动作和语言，形成节奏："看一看，抛——"这个方法很有效，妈妈很快就能跟着节奏抛球了，熟悉了这个动作后，我又开始叠加动作，比如：抛一抛，摸一摸，转个圈……就这样发展出一系列动作。这样循序渐进的方式帮助妈妈记忆动作、记忆语言，由于有节奏、动作、语言引导，妈妈做起来就非常顺畅。

妈妈喜欢还没到吃饭时间就在餐桌前坐下，挺直腰背，等待吃饭。为了分散妈妈的注意力，缓解妈妈等待的焦虑，我就和妈妈拍桌子玩了起来。按照使用手、手肘，击掌、互碰这一组动作序列来进行，后来再加上双手往远伸，再加上妈妈之前做过的面部操，哈哈，玩两遍后，不知不觉就到吃饭时间啦。

　　妈妈的协调能力特别好，我放慢速度，妈妈基本上能与我同步完成动作。除了上面我说的手指舞蹈以外，我在设计动作时，有意识加入触碰、按压身体部位，让妈妈感受到身体的存在。有的时候是自己做，有的时候是你帮我，我帮你，这样既有情感交流，身体又得到了锻炼。我特别喜欢让妈妈主动来触碰我的脸、肩膀……感受到和妈妈身体的触碰，我是幸福的。知道妈妈还能跟随，也能分辨，拍手拍重了，我夸张地叫，惹得妈妈也哈哈大笑。

　　姐姐亦邻画下我和妈妈身体沟通的场景，比我用语言讲述更直观，如果能对阿尔茨海默病患者家属有一点点启发，那就太好了，能帮助到别人，不仅我自己开心，妈妈也会很开心。

妹妹设计了很多身体游戏和妈妈一起玩，妈妈玩得很认真。

有个互动需要轮流轻拍对方的肩和脸，妈妈"啪，啪"两巴掌直接把妹妹拍傻了——老太太手没轻重了。

女锦 2020.2.6

妹妹和妈妈玩击掌的游戏，她不停变换
位置增加难度，妈妈配合度还蛮高的。

妈妈不来回走，脚上的伤就好些了，妹妹无意中发现妈妈对节奏很有感觉，她设计的节奏妈妈都能跟上。

赤舒 2020.2.15

妈妈点点头，伸出手指自顾自动起来，嘴里还念念有词，虽然含混不清，有两处还错了，但已经很让我们惊喜了。

妈妈，我们又来跳手指舞吧！

上次我教你的还记得吗？

哇，妈妈太棒了！过了这么久，妈妈居然记得！

亦邻 2018.11.

四〇八

摸摸脸

捏一捏

往上拉

哈哈哈

捏一捏

往上拉

哈哈哈

我希望借助肢体动作，通过旋律和节奏，帮助妈妈在熟悉的旋律中找回积极密码，排解负面情绪，并促使妈妈增加肢体活动量，同时也锻炼头脑，延缓大脑的退化进程。

　　这个方法好玩儿，有趣，妈妈也很喜欢，后来这种方式就在我们家一直沿用下来。在妈妈的心渐渐对外界封闭的时候，我用舞动和妈妈建立起一种关系：交流，互动，尊重，信任，亲密。舞蹈动作是桥梁，是通道，是启动器，我庆幸可以通过舞动、游戏，和妈妈进行身体沟通，让我借以打开妈妈的内心。

小菀

图书在版编目（CIP）数据

我还记得 / 亦邻著 . -- 北京 : 北京联合出版公司，
2021.6（2021.12 重印）

ISBN 978-7-5596-5030-6

Ⅰ . ①我… Ⅱ . ①亦… Ⅲ . ①纪实文学－中国－当代
②漫画－中国－现代Ⅳ . ① I25 ② J228.2

中国版本图书馆 CIP 数据核字 (2021) 第 016751 号

我还记得

作　　者 : 亦　邻
策　　划 : 乐府文化
出 品 人 : 赵 红 仕
责任编辑 : 牛 炜 征
特约编辑 : 王 春 霞
装帧设计 : 此井　XL

北京联合出版公司出版
（北京市西城区德外大街 83 号楼 9 层　100088）
北京联合天畅文化传播公司发行
北京启航东方印刷有限公司印刷
新华书店经销
字数 120 千字　710 毫米 × 1000 毫米　1/32　13.5 印张
2021 年 6 月第 1 版　2021 年 12 月第 2 次印刷
ISBN 978-7-5596-5030-6
定价 : 78.00 元